唐诗宋词细品慢讲

唐诗研究

胡云翼 著

文津出版社

图书在版编目（CIP）数据

唐诗研究／胡云翼著 .— 北京：文津出版社，
2017.7
（唐诗宋词细品慢讲）
ISBN 978-7-80554-638-4

Ⅰ. ①唐… Ⅱ. ①胡… Ⅲ. ①唐诗—诗歌研究 Ⅳ.
①I207.22

中国版本图书馆 CIP 数据核字（2017）第 085796 号

·唐诗宋词细品慢讲·

唐诗研究
TANGSHI YANJIU

胡云翼　著

*

文　津　出　版　社　出　版
（北京北三环中路 6 号）
邮政编码：100120
网　　址：www.bph.com.cn
北 京 出 版 集 团 公 司 总 发 行
新　华　书　店　经　销
大厂回族自治县益利印刷有限公司

*

880 毫米×1230 毫米　32 开本　6.125 印张　116 千字
2017 年 7 月第 1 版　2017 年 7 月第 1 次印刷
ISBN 978-7-80554-638-4
定价：36.00 元
质量监督电话：010-58572393

目　录

001　/　　第一章　导言
020　/　　第二章　唐诗的来源及其背境
030　/　　第三章　唐诗的第一时期
052　/　　第四章　唐诗的第二时期
077　/　　第五章　唐诗的第三时期
096　/　　第六章　唐诗的第四时期
103　/　　第七章　唐代妇女的诗
112　/　　第八章　附录　唐代诗人小传

第一章　导言

第一节　古今对于唐诗的误解

谚语有云："唐诗晋字汉文章。"我们在儿童时代，便已听惯念惯了。无论你去问谁："什么诗好呀？"他必毫不迟疑地回答："唐诗好！"你去请教作诗的人："先生学什么诗？"十人中有九人，要回答说："学唐诗。"只要沾染一点名士气的人，总是以习唐诗自鸣其高。你如其称赞你朋友的诗，必得说："老兄的诗，大有唐人风味。"假如你说："大有宋人风调。"在你虽是好意的批评，在作者也许要疑你是侮辱他了。叶燮《原诗》云："自不读唐以后书之论出，于是称诗者必曰唐诗，苟称其人之诗为宋诗，无异于唾骂。"记得有一本诗话载一段故事："某秀才评一士人诗，击节叹赏曰：'此宋诗也。'士人闻之大愤，立挥以拳。秀才大惊问故：'何无故以非礼相加？'士人说道：'君诋我诗为宋诗，非辱我乎？'秀才始哑然。"这固然是一段笑话，其实在文学史上，宋诗的地位，也决不如是的低。明清诗坛，往往有奉宋诗为正宗者，甚至有讴歌宋诗的地位还在唐诗之上者。但自从"唐诗"二字成了民众的口头禅，因是常人脑里只知有"唐诗"，而不知有宋诗及其他了。唯其"唐诗"成了几百年来传统的口号，人人随口相传，不去追求唐诗的根本意义，而唐诗的真意义、真价值，便在其中埋没了。在常人看来，唐诗在诗史上是占着"最好"和"最盛"的两个意义。这种误解，不能不先纠正一下：

（一）唐诗是最好的吗？认唐诗是较各时代的诗为最好的，不仅常人如此，即在研究文学的专家，也往往有此误解。去年某大学入学考试的国学常识测验，就有这样一个题目："中国诗歌以哪一个时代为最好呢？唐诗？宋诗？明诗？清诗？"在这个题目的涵义，是认定中国有一个时代的诗是超越一切时代的，那么，这个题目的答案只有写唐诗了。但是唐诗果然是超越一切时代而为最好的吗？要想回答这个问题，必须加以分析地研究：

如说凡唐诗都是最好的，这句话便犯笼统武断的毛病，自然说不通。古诗如《古诗十九首》《孔雀东南飞》，无论怎样丧心病狂的人，也不能不说是好诗，不能说其价值在唐诗之下。即就唐诗内容论，若是仅仅读过《唐诗三百首》或《唐人万首绝句选》，自然觉得唐诗没有一首不佳妙。要知道这是沙里淘金了。我们读过《全唐诗》，便深知在四万多首唐诗里面，实在有多少不是好诗，或竟不成诗。那些应制诗和乐章诗不用说了。在那些慎密精审的选本上面亦往往有不可读的诗。例如曹唐诗云："年少英雄好丈夫，大家望拜执金吾。闲眠晓日听鹍鸠，笑倚春风仗辘轳。深院吹笙闻汉婢，静街调马任奚奴。牡丹花下帘钩外，独凭红肌捋虎须。"这种诗真如严沧浪所谓"此不足以书屏障，可以与闾巷小人文背之词"，这能够说是最好的诗吗？王士祯云："唐绝句最可笑者，如'人主人臣是亲家'，如'蜜蜂为主各磨牙'，如'若教过客都来吃，采尽商山枳壳花'，如'两人相对无言语，尽日惟闻落子声'，如'今朝有酒今朝醉，明日愁来明日愁'，当时如何下笔，后世如何竟传，殆不可晓。"杜甫乃第一流诗人，然其绝句可读者甚少。岑参亦诗中名手，然其《题长安壁》云："世人结交须黄金，黄金不多交不深。纵令然诺暂相许，终是悠悠行路心。"描写何等拙陋！储光羲以作山水诗负盛誉，然有一诗《咏山泉》云："山中有流水，借问不知名。映地为天色，飞空作雨声。转来深涧满，分出小池平……"咏山水如猜哑谜，如何使得？白居易的诗如《太平乐》："岁丰仍节俭，时泰更销兵。圣念长如此，何忧不太平？"亦不是好诗。这都是信手拈来的例，其实更坏的诗还不知多少。若仅据几十百首好诗而称唐诗超越一切时代，实在是皮相之见。

或者有人说：《全唐诗》固然有不少的坏诗，但就大多数的诗人而言，其诗的价值自在各时代诗人之上。如李白称为诗仙，杜甫称为诗圣，都是别时代所无的伟大诗人，此外如王维、白居易、韩愈、李贺都不仅是一代的诗人而已。若论名贵作家之繁富，唐诗实在不是别时代的诗所能及。

这种论调近是矣，然而仔细研究，亦是很错误的。若拿各时代诗人比较讨论，能说李、杜还在曹植、陶潜之上吗？彼复古论者，谓李、杜尚不如谢灵运，去曹、陶更远，这个是偏见；然我们亦不能说李、杜便是空前绝后的大诗人。李、杜尚如此，那么其下焉者，更不用说了。无论从作品方面看，或从作者方面看，我们要说"唐诗是最好底"的，是不能得到科学的证据的！

（二）唐诗是最盛的吗？唐诗之盛，确令人失惊。据《全唐诗》所录，作者凡二千二百余人，诗四万八千九百余首。这仅仅三百年的光景，流传到今的诗的数量，已有从《诗经》以至六朝一千多年的诗的总量的几倍！这样迅速的发展，在中国诗史上，实在开一新纪元。但我们倘据此而认定中国诗歌之盛，无逾于唐，便又大错。据《四库全书总目提要》著录《御定四朝诗》三百一十二卷，内凡：

宋诗七十八卷　作者八百八十二人

金诗二十五卷　作者三百二十一人

元诗八十一卷　作者一千一百九十七人

明诗百二十八卷　作者三千四百人

由数量比较，宋诗稍衰。金朝只据中国北部，未曾奄有文物秀丽的江南，故诗亦不发扬。元代国运仅有唐三分之一的时期，且当时文坛趋势，已偏向戏曲，而诗人数量竟占唐代之半。明代诗人之多，竟比唐代增加三分之一。可见诗歌的发达与时间成正比例地进化，唐诗不过造成诗歌发达的先驱时代罢了。且《提要》著录《四朝诗》一则曰："至于澄汰沙砾，披检精英，合四朝而为一巨帙，势更有所不能。"再则曰："用能别裁得失，勒著鸿篇，非惟作者得睿鉴而表章……"可见《四朝诗》之编定，去取颇严，不然诗的数量，尚不止此。而诗歌之盛，仅以明论，已远非唐所能及了，唐诗是最盛的话，亦无法证明了。

我们既经排除常人对于唐诗的谬误观念，同时还得更进一步，排除一切文人学士的唐诗传统观念。因为常人对于唐诗误解,只使我们陷入常识的错误;至于因袭唐诗传统观念,便发生对于我们研究唐诗、了解唐诗的莫大障碍。古人中,有的说唐诗是"诗的正宗";有的说"唐人诗才,若天纵之";有的说"唐诗主情";有的说"唐诗蕴蓄";有的说"唐诗为比兴";有的说"唐诗至善处,惟在含蓄淡远"……这种离奇古怪的唐诗观念,都是古人想把唐诗戴上一种正统文学的面具,发挥他那不自知的谬误的见解;这些见解不但搔不着痒处,且把唐诗的意义及其特质都埋没了。宋严羽《沧浪诗话》有一段说:

"唐诗之说未唱,唐诗之道或有时得而明也;今既唱其体曰唐诗矣,则学者谓唐诗诚止于是耳,得非诗道之重不幸耶?"

严羽宋人,已有此叹。至于明清,则曲解唐诗之谬说更多,反自命为正统传说,所以千年来唐诗的本来面目,便湮灭了。我们现在要排除一切的传统论调,拿唐诗当作诗看,当作纯粹的文学作品看,切不要听信陈言。我们要完全用现代文学的眼光来估定唐诗的价值,才不致使我们的见解,落入窠臼,才有新的发现。

第二节　唐诗的意义与特质

唐诗的意义是什么呢？唐诗的特质何在呢？

我们既把传统的、谬误的、神秘的各种唐诗观念排除以后，必须重新提出一个唐诗的意义及其特质的解释。我们要了解唐诗的意义，必须从唐诗的特质上显示出来。据我看来，唐诗最少有四种明显的特质：

（一）唐诗是创造底：不是自我们现在才提出唐诗是创造底话，前人已有言之。王渔洋撰《唐人万首绝句选·序》云：

> "逮于有唐，李、杜、韩、柳、元、白、张、王、李贺、孟郊之伦，皆有冠古之才，不沿齐梁，不袭汉魏，因事立题，号称乐府之变。然考之开元天宝已来，宫掖所传，梨园弟子所歌，旗亭所唱，边将所进，率当时名士所为绝句耳。故王之涣'黄河远上'，王昌龄'昭阳日影'之句，至今艳称之；而右丞'渭城朝雨'，流传尤众，好事者至谱为《阳关三叠》。他如刘禹锡、张祜诸篇，尤难指数。由是言之，唐三百年以绝句擅场，即唐三百年之乐府也。"

王闿运云：

"三唐风尚，人工篇什，各思自见，故不复模古。"（《王志·论唐诗诸家源流》）

这两段见解是很精辟的：由"不复模古"，"不袭汉魏"，"不沿齐梁"，可知唐诗是创造底诗；由"宫掖所传，梨园弟子所歌，旗亭所唱，边将所进，率当时名士所为绝句"，可知唐诗是乐府诗。"创造底"与"乐府底"，这是王渔洋、王闿运两氏告诉我们唐诗有这两层重大的意义。往下，我们根据"乐府底"这层意义，又可以说明唐诗的第二种特质：

（二）唐诗是音乐底：王世贞云："《三百篇》亡，而后有诗骚赋；骚赋难入乐，而后有古乐府；古乐府不入俗，而后以唐绝句为乐府。"由此可知唐诗与音乐的渊源甚深。但是怎样说，唐诗是音乐底？音乐底唐诗又有什么意义？说到这里，不能不先说明历史上的中国人对于文学的态度。中国人对于文学往往抱着两种相矛盾的态度，一是文以载道的观念，一是文以消遣的观念。平常的文人，自然拼命去作载道的文，同时又忘不了消遣的文学。因为载道之文不但不足宣泄情感，且是斫丧情感的，所以他们往往从正宗文学中跑出来，走入民间文学的创作界去。民间文学，是以娱乐为主底，在娱乐的关系上，文学和音乐便自然而然地结合在一起了。只有这种音乐性的文学，才是代表一个时代的情绪的文学，恰好与代表理性的正宗文学相反。故不但那些浪漫派的文人，特别拿富有音乐性的文体来发泄天才，以求笙歌作乐的快感；便是那道学派的文人，亦常常要用富有音乐性的文体，抒发他在载道之文中所不能抒发的情绪与想象。所以每一个时代文学的真价值，总是从音乐性的文体里面充分表现出来。换句话说：音乐性的文学，才是代表中国纯文学的意义和价值。明白了音乐文学的价值，那么，请进而解剖唐诗之音乐性。王灼《碧鸡漫志》说：

"唐时古意亦未全丧，《竹枝》《浪淘沙》《抛球乐》《杨柳枝》乃诗中绝句，而定为歌曲。故李白《清平调词》三章皆绝句。元白诸诗，亦为知音者协律可歌。白乐天守杭，元微之赠云：'休遣玲珑唱我诗，我诗多是别君辞。'自注云：'乐人高玲珑能歌，歌予数十诗。'乐天亦醉戏诸妓云：'席上争飞使君酒，歌中多唱舍人诗。'又闻歌妓唱前郡守严郎中诗云：'已留旧政布中和,又付新诗与艳歌。'元微之见人咏韩舍人新律诗,戏赠云:'轻新便妓唱,凝妙入僧禅。'沈亚之送人序云:'故人李贺善撰南北朝乐府古词,其所赋尤多怨郁凄艳之句,诚以冠古排今,使为词者莫得偶矣。惜乎其亦不备声歌弦唱!'然《唐史》称李贺乐府数十篇,云诏诸工皆合之弦管。又称李益诗名与李贺相埒,每一篇成,乐工争以赂求取之,被声歌供奉天子。又称元微之诗往往播乐府。旧史亦称武士衡工五言诗,好事者传之,往往被于管弦。"

《碧鸡漫志》又云:

"旧说开元中诗人王昌龄、高适、王之涣诣旗亭饮,梨园伶官亦招妓聚燕。三人私约曰:'我辈擅诗名,未定甲乙,试观诸伶讴诗分优劣。'一伶唱昌龄二绝句云:'寒雨连江夜入吴,平明送客楚山孤。洛阳亲友如相问,一片冰心在玉壶。''奉帚平明金殿开,且将团扇共徘徊。玉颜不及寒鸦色,犹带昭阳日影来。'一伶唱适绝句云:'开箧泪沾臆,见君前日书。夜台何寂寞,犹是子云居。'之涣曰:'佳妓所唱如非我诗,终身不敢与子争衡，不然子等列拜床下。'须臾妓唱：'黄河远上白云间，一片孤城万仞山。羌笛何须怨杨柳，春风不度玉门关。'之涣揶揄二子曰：'田舍奴！我岂妄哉？'以此知李唐伶妓取当时名士诗句入歌曲，盖常俗也。"

从这几段记载，便显见唐人诗歌与音乐的密切关系，不但妓女以得诵名士佳章为荣，名士亦以诗篇得被诸妓歌唱为乐。因为要使诗篇便于歌唱，往往力求浅近通俗，妓女都能诵解，因此，又发生唐诗的第三特点：

（三）唐诗是通俗底：唐人作诗虽不能完全抛弃用典，甚至有些作者如李义山之流，其诗极不易解，但大多数作品，都可说是很通俗的。白居易作诗，必使老妪都能诵解。元稹《长庆集序》云："二十年间，禁省观寺邮候墙壁之上无不书，王公妾妇牛童马走之口无不道。至于缮写模勒，衒卖于市井，或持之以交酒茗者，处处皆是。"可见诗人的诗已经成为普遍民众的欣赏对象了。唐诗之所以能够通俗，便是由于唐诗之富有音乐性质的缘故。

（四）唐诗是时代底：怎样说唐诗是时代的诗呢？任何文体都具有强烈的时代性；失却时代的意义，同时消失文体的价值。中国文学的变迁，可以文体作代表，分成几个时期：自周到唐，都是诗的时代；宋是词的时代；元是曲的时代；明清是小说的时代。在诗的时代里面，周是四言诗时代，两汉是乐府诗时代，魏晋六朝是古诗时代，唐是新体诗时代。更狭义一点说：唐诗只是绝句诗的时代。（诚如王渔洋所云：唐三百年以绝句擅场。）本来照宇宙间进化的原则，往往是理论愈研究愈透澈，事物愈运用愈巧妙；但是文体却不然。在某种文体新创的时候任人创造，开发，翻新花样，但是用久用旧了，往往愈用愈拙愈坏，不但翻不出新花样，旧花样亦使人生厌了。时间越久，文体越腐。这时便有革命的新文体产生出来，装饰新时代。时代底文学，便是指那时代所用的新文体创造的文学。我们说唐代是诗的时代，便是说唐诗是新体诗流行时代的创造文学。宋诗虽亦是诗，但不是诗的时代的诗。诗的创造时代早已过去了。

以上举唐诗的四种特质，但决不是说凡是唐诗都备具这四种特质。就诗体言：绝句诗可以说是通俗底，律诗往往是古典的；新体诗都是能合音乐节拍底，创造底；古诗大多是模拟，完全没有音乐性。但就大体上说，唐诗是备具这四种特质，今列一表（见右表）表明各体的特质。

既明唐诗的特质，进一步再拿唐诗与各时代的诗作比较的研究。先应说明的，便是唐诗与汉魏六朝古诗和宋诗的区别。唐诗与汉魏六朝古诗和宋诗，有深切的关系，又有重大区别，

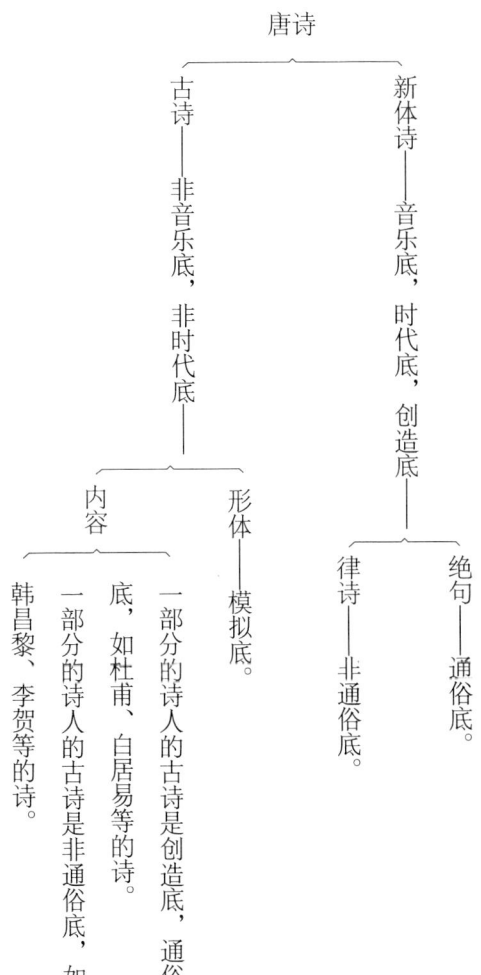

这是应知的。

（一）唐诗与古诗。历来对于唐诗与古诗的关系的认识，有两种不同的说法：一说主模拟，谓唐人诗都是从模拟古诗得来的。初唐完全承袭六朝，无论矣。即盛唐之李杜，都是受曹植、谢朓、庾信、鲍照、阴铿辈的影响很深的。（扬慎谓李白"一生低首谢宣城"，杜甫谓"李侯有佳句，往往似阴铿"，"清新庾开府，俊逸鲍参军"，《渔隐丛话》谓"子美早年学建安"，黄山谷谓："子美句法，出于庾信。"）至于王维、孟浩然、储光羲、韦应物、柳宗元则尽受陶潜的影响。（说见沈德潜《说诗晬语》）盛唐诗人如是。中唐则韩、白尚学杜甫，其作品与古诗的源渊亦深。晚唐卑靡，则无足论。一说主创造，如前面王闿运说："三唐风尚，人工篇什，各思自见，故不复模古。"如王渔洋说："逮于有唐，……不沿齐梁，不袭汉魏，因事立题，号称乐府之变。"如叶燮说："唐诗一大变。"以上二说，表面似相矛盾。但细心分析，则实无冲突。主模拟说的人实指有唐三百年之古体诗与汉魏古诗脉络相承；主创造说的人，系谓唐之新体诗完全出于创造，并非沿袭。可以唐人的古诗是受汉魏六朝古诗的影响，关系很深切；但唐人的新诗部分，却与汉魏六朝古诗绝缘，而自成其伟大！

（二）唐诗与宋诗。唐宋之分，人异其说辞。王渔洋谓："唐诗主情，宋诗主性。"吴高云："唐诗为比兴，宋诗为赋；比兴优于赋。"（《围炉诗话》）沈归愚云："唐诗蕴蓄，宋诗发露。蕴蓄则韵流言外，发露则意尽言中。"但叶燮便最反对这种伸唐绌宋的见解，他说："从来论诗者大约伸唐而绌宋。有谓唐人以诗为诗，主性情，于《三百篇》为近；宋人以文为师，主议论，于《三百篇》为远，何言之谬也。唐人诗有议论者，杜甫是也。杜五言古，议论尤多，长篇如《赴奉先县》《咏怀》《北征》及《八哀》等作，何首无议论？而独以议论归宋人，何欤？彼先不知何者是议论，何者为非议论，而妄以时代分邪？且《三百篇》中，二雅为议论者正自不少。彼先不知《三百篇》，安能知后人之诗也？如言宋人以文为诗，则李白乐府长短句，何尝非文？杜甫《前后出塞》及《潼关吏》等篇，其中岂无似文之句？为此言者，不但未见宋诗，并未见唐诗。村学究道听耳食，窃一言以诧新奇，此等之论是也。"（《原诗》）我们正不必用抽象的肯定字眼来判断唐宋的尊卑。就其关系言，宋诗实受唐诗的影响最深，如宋初杨亿辈的西昆体，乃以李商隐为开山祖，欧阳修、梅圣俞的复古，乃以盛唐为旗帜；虽有北宋之苏轼，南宋之陆游辈，其诗能自立风味，却不能造立宋诗的新境界，所以宋诗终不能脱唐诗的窠臼而成伟大的发展。

至于元诗、明诗、清诗，早已失却时代文学的意义，只能在汉魏六朝诗、唐诗、宋诗底下讨生活，更值不得比较来论列了。

第三节　研究唐诗的基本观念

我们应该抱什么态度来研究唐诗呢？什么是我们研究唐诗应有的信念呢？

在第一节，我们已指出常人对于唐诗的误解，并且指出文人对于唐诗的谬误观念。但是这种消极的工作，还不足以研究唐诗。我们要研究唐诗，必须重新规定几个基本观念，作为研究的信条，才不致仍旧落入误解，才能对于研究唐诗有新的贡献。

几个基本观念呢，是什么呢？

第一是文学进化的观念：中国人研究文学，往往抱着"一代不如一代"的文学退化观念，于唐诗亦然。黄节《诗学》论唐诗云："观夫唐一代之诗，初唐有陈子昂，盛唐有李杜，中唐有昌黎，皆关乎一代文章风气者，至晚唐则阙然，则风气盛衰，人材升降，可以见矣。"这便是说晚唐不如初唐、盛唐、中唐。杜甫诗云:"王杨卢骆当时体,轻薄为文哂未休。尔曹身与名俱灭,不废江河万古流。"又有诗云:"李侯有佳句,往往似阴铿。"杜甫对于初唐的诗人,何等推重;而对于唐以前的诗人虽碌碌如阴铿者,尚谓太白仅得相似,可见当代重古的眼光了。王世贞《艺苑卮言》更谓:"李白多露语率语,杜少陵多稚语累语,置之陶谢间便觉伧夫面目。尚安能夺曹氏父子之位置耶?"这便是说李、杜既不如陶、谢,陶、谢又不如曹氏父子;这便是说六朝比不上汉魏,唐诗又不如六朝。照这样看来,不但唐诗可以付之一炬,汉魏古诗亦可不读,只咿唔《三百篇》够了。然而,照我们的眼光看来,恰又不然。汉魏乐府的内容实在比《三百篇》的内容丰富,唐诗又比汉魏乐府古诗的内容丰富。不但由曹植到陶潜是进化;由陶潜到庾信亦是进化。我们必须用文学进化的理论,才能解释文学发展的原因。我们很显然地看得出,由庾信、沈约的诗到王杨卢骆的诗;由王杨卢骆的诗到李白、杜甫的诗;由李杜的诗到白居易、韩愈的诗;又由白、韩的诗到李义山、杜牧的诗,其间都有进化的痕迹可寻,绝不是退化的观念所能解释。我们虽不能说李、杜的诗竟胜于曹植、陶潜,但我们尽可以说李、杜的诗比曹、陶的诗是进化底。盛唐实在高于初唐,晚唐亦欲胜中唐。这种进化的文学意义,可以贯穿唐诗的全部脉络。

第二是平民文学的观念：我们不能不认唐代的新体诗，便是当代的通俗文学，只观上面所举的那些诗人，如王昌龄等的诗，歌伎老妪，都能诵解，可知唐诗的通俗化了。诗究竟是贵族的，还是平民的，我们且不置论。但在实际上，由通俗化而造成特色的唐诗，我们必须拿平民文学的观念，才能解释唐诗的真价值。从前研究唐诗，往往只看着贵族的诗，几乎完全忽略了非诗人的诗和无名的民间文学。纵然我们无法去收集广博的民间诗的材料来供研究，我们还是不能抛弃平民文学的眼光来研究唐诗；因为唐诗的来源，是由于民间诗的逐渐蜕化而完成；因为唐诗的实际由富有音乐性能歌的关系，已经成了民间的享乐文学，实已打破贵族文学的藩篱，而与平民文学胶合成一片了。

第三是分析与欣赏的观念：文学研究的是否成功，完全基于文学欣赏的是否有错误。以前对于唐诗的观念有两种大毛病：

一是笼统的毛病；

二是曲解的毛病。

最笼统的莫如"唐诗"两字，因为习惯的观念以为唐诗总是好的，这种错误在前面已经纠正。次之，如"初唐""盛唐""李杜诗"这些名词的本身，即含有褒贬之意，似乎盛唐诗，李杜诗，总是好的；晚唐诗，总是坏的。这种笼统名词所发生的连带观念，是很不正确的。要知道晚唐亦有很好的诗，盛唐、李杜也未尝无很坏的诗。至于曲解的毛病更甚了，那些评注大家，诗话大家，往往好奇立异，替唐诗人的作品加上许多附会。又有人往往将许多与忠孝无关的诗，偏说是忠臣孝子的思想。有的本来诗意浅显，他们一定要说得如何深奥有几十层意思。有的诗是信手拈来自然得很，他们注家偏要说诗法森严。闹得唐诗不堪卒读了。我们研究唐诗：一方面要打破笼统的观念，而代以分析的方法；一方面要打破曲解的观念，而代以欣赏的眼光。分析的方法，应该是科学分析的方法；欣赏的眼光，应该是文学欣赏的眼光，以一篇篇的分析，一篇篇的欣赏，作为研究的基础。我们固然不应该忽视作家的整个作风，但分析与欣赏，却是使我们能够真实了解作家的初步工作。

第二章　唐诗的来源及其背境

我们读过唐诗，往往有一疑问，就是："唐诗怎样形成了它的伟大呢？"我们也读过《三百篇》，我们也读过汉魏乐府，我们也读过建安以后的五七言诗，也觉得这些古诗的伟大！但是我们读过唐诗，却又发现唐诗是一种新鲜的体裁，新鲜的气象，这种新气象的唐诗和一切的四言古诗、五七言古诗都不相同。我们要想解答这个问题，必须追溯唐诗的来源。

自从梁《昭明文选》编成后，在表面看，仿佛是集古典文学的大成，但实际上《昭明文选》便是古典文学最盛的葬礼了。加上沈约声律八病之说，诗体越发添了几层严酷的镣铐。虽然梁陈间古典诗依然流行，但已经是回光返照，古典作品的魔力早已不能维系诗坛的重心了，同时，民间的歌谣文学早已蓬勃地发展起来，这种新声的歌谣在东晋及六朝之初，便已经很流行。所谓"歌谣数百种，子夜最可怜！慷慨吐清音，明转出天然"。例如：

"宿黄不梳头，丝发披两肩。腕伸郎膝上，何处不可怜。"

"凉秋开窗寝，斜月垂光照。中宵无人语，罗帻有双笑。"（《子夜歌》）

"锲臂饮清血，牛羊持祭天。没命成灰地，终不罢相怜。"

"黄葛生烂漫，谁能断葛根？宁断娇儿乳，不断郎殷勤！"（《前溪》）

"闻欢下扬州，相送楚江头。探手抱腰看，江水断不流！"（《莫愁乐》）

这种体态清新、描写活跃的新声小曲，较之陆机、谢灵运辈的古诗，实在高妙多了！这种五言的新声小曲的逐渐进化，便成后来的五言绝句。到了梁陈时代，民间的歌曲，已经经过长期的发展，渐渐从民间文学的地位跳起来，把已经腐化的贵族古典文学的地盘掀动，那些贵族诗人也受了民间歌曲的影响，不免尝试起来。如梁简文帝《乌栖曲》诗云："芙蓉作船丝作绰，北斗横天月将落。采莲渡头碍黄河，郎今欲渡畏风波。"魏收《挟瑟歌》云:"春风宛转入曲房,兼送小院百花香。白马金鞍去未返,红妆玉筋下成行。"此二诗虽音调不谐,实已备唐诗七绝之体,如胡应麟《诗薮》云:"考《乌栖曲》四篇,篇用二韵,正项王垓下格,唐人亦多学此。江总《怨诗》卒章,俱作对结,非绝句正体也。惟《挟瑟歌》虽音律未谐,而体裁实协,唐绝句咸所自来,然六朝殊少继者。"及到隋诗,如:"杨柳青青着地垂,杨花漫漫搅人飞。柳条折尽花飞尽,借问行人归不归?"这已经完全形成唐人七绝的体裁了。

六朝诗人如沈约是声律八病的创造者,然而他的诗也受了民间歌曲的同化,渐渐改变那传统底诗体了。如《六忆诗》之一云:"忆眠时,人眠独未眠。解罗不待劝,就枕更须牵。复恐旁人见,娇羞在烛前。"这完全是模拟当代的歌曲。沈约一方面创造了八病的新韵律,一方面又受民间歌曲的影响,产生一种新体诗,便是唐代律诗的滥觞。例如《洛阳道》:"洛阳大道中,佳丽实无比。燕裙傍日开,赵带随风靡。领上蒲萄绣,腰中合欢绮。佳人殊未来,薄暮空徙倚。"这已完全是唐律之体制与形式,不过平仄不调耳。

我们已经明白五绝、七绝与律诗的来源,在六朝即已有完整的形式;进一步我们研究唐诗的内容的完成:

中国文学由《三百篇》变为《楚辞》，由《楚辞》变为汉乐府，由汉乐府变为魏晋古体诗，其间虽有变迁，实在很微。自周秦到六朝一千多年的文学史，可说都是《三百篇》的文学的遗传史。这是因为中国民族性本是《诗三百篇》式的性，所以所有只是《诗三百篇》式的文学。原来文学的重大变迁，往往有赖于其他民族文学的影响。以前的中国，只是用武力征服异邦，自居于统治阶级，自然没有与他民族糅合的可能，没有文化接触的可能。中国文学只是单调的，不受丝毫的影响与调节，从《三百篇》传下来，自然不会有重大的变迁的。但是到东晋以后，便不然。匈奴民族，居然能征服中原，占据黄河南北。北方勇悍的民族性，和中国温柔敦厚的民族性，是绝对不同的，看他们的作品便知道：

"遥看孟津河，杨柳郁婆娑。我是虏家儿，不解汉儿歌。"

"健儿须快马，快马须健儿。跸跋黄尘下，然后别雄雌。"

——《折杨柳歌》

"男儿欲作健，结伴不须多。鹞子经天飞，群雀两向波。"

"男儿可怜虫,出门怀死忧。尸丧狭谷中,白骨无人收。"

——《企喻歌》

"野火烧野田,野鸭飞上天。童男娶寡妇,壮女笑杀人!"

"门前一树枣,岁岁不知老。阿婆不嫁女,那得孙儿抱?"

——《紫骝马歌》

"李波小妹字雍容,褰裳逐马如卷篷,左射右射必叠双。女子尚如此,男子安可逢。"

——《李波小妹歌》

"谁家女子能行步,反著袂禅后裙露。天生男女共一处,愿得两个成翁姁。"

"黄桑柘屐蒲子履,中央有丝两头系。小时怜母大怜婿,何不早嫁论家计。"

——《捉搦歌》

这种勇悍爽直的匈奴民族性所表现的文学,和中国本来温柔的女性文学,粉饰的古典文学,风格情调,完全异样。渐渐经过时代的陶冶,这两种不同民族性文学接触的结果,到了唐代因政治势力的统一，中外的民族性更糅合在一起，发展起来，造成唐诗的新气象，形成唐诗的伟大。梁任公说："经南北朝几百年民族的化学作用，到唐朝算是告一段落。唐朝的文学，用温柔敦厚的底子，加入许多慷慨悲歌的新成分，不知不觉，便产生出一种异彩来。盛唐各大家，为什么能在文学史上占很重要位置呢？他们的价值，在能洗却南朝的铅华靡曼，参以伉爽真率；却又不是北朝粗犷一路。拿欧洲来比，好像古代希腊、罗马文明，搀入些森林里头日耳曼蛮人色彩，便开辟一个新天地。"（《中国韵文里头所表现的情感》）

南北朝民族的糅合，构成唐诗的伟大的来源，诚如梁任公所说；但是，我们要了解唐诗的真精神，更不能忽视唐诗所借以表现的时代背境。

（一）政治的背景。唐诗在当代有两个重要的政治背景：其一，唐以诗赋试进士；其二，唐代君主均好尚诗歌。明游潜《梦蕉诗话》云："沈约在宋齐梁陈时并居钧要，谱韵以词赋取士，积习久矣。及唐有天下，亦竟因之。"但纪昀云："以诗赋试进士，始于唐高宗调露二年。"则梁代并无是制。总之，无论是唐"因"是制，或唐"创"是制，我们总不能否认唐有是制。本来文学的发达与否，似乎与政治实无相成的关系；然在中国古代，文学未成为独立研究之科，所谓文人，不过借文以干禄，故文学的盛衰，往往视政治的趋向为消长。唐既开诗赋应制之风，诗歌自然发达起来了。况且唐代君主均有诗赋之癖，如唐太宗即开文学馆，以礼延当代文士。玄宗风流自赏，尤爱礼文人，李白即以《清平调》见宠于玄宗。宪宗读白居易《讽谏诗》，召为学士。穆宗善元稹歌诗，征为舍人。文宗好五言诗，竟置诗学士至七十二人之多。白居易之死，宣宗为诗吊之曰："缀玉联珠六十年，谁教冥路作诗仙。浮云不系名居易，造化无为字乐天。童子解吟《长恨曲》，胡儿能唱《琵琶》篇。文章已满行人耳，一度思卿一怆然！"以当代帝王之尊，而敬礼诗人，有若此者。至论作品，则中宗、睿宗、肃宗、德宗、文宗、宣宗、昭宗，下至妃子宫人，莫不略解吟咏，自成篇章。太宗、明皇，则诗成卷帙。武后、韦后亦嗜文学，虽武后所作诗歌，大都出自元万顷、崔融辈之手；韦后所作，大都出自上官昭容之手，然其延揽诗人，识拔才士，过于诸帝。所谓"上有好者，下必有甚焉"。影响所及，不但应制诗发达，其他的诗，亦发达。诗人都努力于作好诗了。甚至以一二语之工而名著者，《韵语阳秋》谓："唐朝人士以诗名者甚众，往往因一篇之善，一句之工，名公先达，为之游谈延誉，遂至声闻四驰。'曲终人不见，江上数峰青'，钱起以是得名；'故国三千里，深宫二十年'，张祐以是得名;'微云淡河汉,疏雨滴梧桐',孟浩然以是得名;'兵卫森画戟,宴寝凝清香',韦应物以是得名;'野火烧不尽,春风吹又生',白居易以是得名;'敲门风动竹,疑是故人来',李益以是得名;'鸟宿池边树,僧敲月下门',贾岛以是得名;'画栋朝飞南浦云,珠帘暮卷西山雨',王勃以是得名;'华裾织翠青如葱,入门下马气如虹',李贺以是得名……"《全唐诗话》载,刘希夷作《洛阳诗》,篇中有"年年岁岁花相似,岁岁年年人不同"之句,为宋之问所害。夫"诗词于文为末",这是古人的常见,后世竟有谓"一为文人,便无足观"者,则诗词之卑下愈甚。然唐人则以一二诗之工,便成名士;甚至为欲窃好诗以为己有,而不惜杀人者,则唐代作诗风气之盛,已可概见;而这种风气的造成,由于唐代政治的背景,是无疑的。

这是唐诗发达的重要原因。但是,这种政治背景仅造成唐诗的发达;更有军事背景所形成的社会状况,乃造成唐诗内容的伟大。

(二)军事的背景。在升平安定的社会,文学往往成为粉饰太平的工具。这种太平文学,是顶没有意思的。如司马相如那一流人的赋,未尝作得不好,然无意味了。唐初有贞观、开元之治,社会局面安定,所以初唐诗也是太平文学,并无足观。但是开元以后，军事的变迁，便极其活跃。我们根据唐史，便很显然看出自开元以后的唐代，完全是由不断的战争支配着。略举其大事列表于下：

唐玄宗时代	安禄山叛变，陷两京，玄宗奔蜀，天下大乱！
唐肃宗时代	安庆绪之乱；史思明之乱；史朝义之乱。
唐代宗时代	吐蕃之寇；吐蕃、回纥之寇。
唐德宗时代	李希烈，朱滔、王武俊之叛；朱泚之叛；李希烈内部之变；李晟破吐蕃之战；吴少诚之乱；韦皋破吐蕃之战。
唐宪宗时代	刘辟之乱；李锜之乱；王承宗之乱；吴元济之乱；陈弘志弑宪宗。
唐武宗时代	卢龙军之乱；刘沔破回纥之战。
唐懿宗时代	浙东盗匪之乱；高骈南征之战。
唐僖宗时代	王仙芝之乱；黄巢响应王仙芝之叛；两京之得而复失；秦宗权之僭号，帝奔凤翔。
唐昭宗时代	李克用之变；李茂贞之变；朱全忠之变。

最后，朱全忠之变，唐之国命便完结了。玄宗后二百年天下，几无一年无战争，无一日安宁。在历史上继续着数百年的战争纷乱的时代，可以说是绝无仅有。二百年不断的战争，所造成纷乱如麻的社会，便给予唐诗人以绝大的生命，给予唐诗以绝好的描写资料！由对外苦战的影响，造成一种以边塞生活为描写背景的边塞诗派；由国内纷乱的影响，造成一种以社会生活为描写背景的社会诗派。这些边塞派的诗与社会派的诗，便形成唐诗的伟大。这两方面的诗，都是用新的社会资料，新的描写，创造新诗。假如我们说：一种时代的文学，无论在形式与内容都应该是新的，那么唐诗的伟大的基础，便是坚实建设在当时的时代社会背景的上面了。

第三章　唐诗的第一时期

（自高祖、武德初，至玄宗、开元初，凡百年）

我们先略说明唐诗分期的意义：

唐诗的分为初、盛、中、晚，其说始于宋人严羽，而成于明人高棅。严羽仅略分三唐，以示区别，并未有严格的分期。他曾说："盛唐人诗，亦有一二滥觞晚唐者；晚唐人诗，亦有一二可入盛唐者。"（《沧浪诗话》）高棅才决定唐诗应分为四期。这是何故呢？高棅曾发表一篇很有系统的见解：

"有唐三百年诗，众体备矣。故有往体，近体，长短篇，五七言律绝句等制，莫不兴于始，成于中，流于变，而移之于终。至于声律，兴象，文词，理致，各有品格不同。略而言之：则有初唐、盛唐、中唐、晚唐之殊。详而分之：贞观、永徽之时，虞魏诸公，稍离旧习；王、杨、卢、骆，因加美丽。刘希夷有闺帷之作；上官仪有婉媚之体，此初唐之始制也。神龙以还，洎开元初，陈子昂古风雅正；李巨山文章老宿；沈宋之新声；苏张之大手笔，此初唐之渐盛也。开元、天宝间，则有李翰林之飘逸；杜工部之沉郁；孟襄阳之清雅；王右丞之精致；储光羲之真率；王昌龄之耸俊；高适、岑参之悲壮；李颀、常建之超凡，此盛唐之盛者也。大历、贞元中，则有韦苏州之雅澹；刘随州之闲旷；钱起之清瞻；皇甫之冲秀；秦公绪之山林；李从一之台阁，此中唐之再盛也。下暨元和之际，则有柳愚溪之超然复古；韩昌黎之博大其词；张、王乐府得其故实；元、白叙事，务在分明；与夫李贺、卢仝之鬼怪；孟郊、贾岛之饥寒，此晚唐之变也。降而开成以后，则有杜牧之豪从；温飞卿之绮靡；李义山之隐僻；许用晦之偶对；他若刘沧、马戴、李群玉、李频辈，尚能黾勉气格，埒迈时流，此晚唐变态之极，而遗风余韵犹有存者焉。"

自从高棅立说以后，文学史家多采用之；但同时攻击此说，认为谬妄的，也不乏其人。钱谦益便是攻击最力的，他说："初、盛、中、晚，盖创于宋季之严羽，而成于国初之高栋，承讹踵谬，三百年于此矣。夫所谓初、盛、中、晚，论其世也，论其人也。以人论世，张燕公、曲江，世所称初唐宗匠也。燕公自岳州以后，诗章凄惋，传得江山之助，则燕公亦初亦盛。曲江自荆州以后，同调讽咏，尤多暮年之作，则曲江亦初亦盛。以燕公系初唐也，溯岳阳唱和之作，则孟浩然应亦盛亦初。以王右丞系盛唐也，《酬春夜竹亭》之赠，同《左掖梨花》，则钱起、皇甫冉，应亦中亦盛。一人之身，更历二时，将诗以人次耶？将人以诗次耶？"王世懋则就唐诗的风格上加以驳斥，他说："唐律由初而盛，由盛而中，由中而晚，时代声调，故自必不可同；然亦有由初而逗盛，盛而逗中，中而逗晚者，何则？逗者渐之变也，非逗故无由变。唐诗之由初而盛中，极是盛衰之界。然王维、钱起，实相酬唱。子美全集，半是大历而后，其间逗漏，亦有可言。如王右丞《明到衡山篇》。嘉州《函磻溪句》；隐隐钱、刘、卢、李间矣。至于大历十才子，其间岂无盛唐之句？盖声气犹未相隔也。学者固常严于格调；然必谓盛唐人无一语落中，中唐人无一语入盛，则亦固哉其言诗矣！"阎百诗则更根据诗人生卒的先后加以抨击，他说："张九龄卒于开元二十八年，孟浩然亦是年卒，而分初盛何也？刘长卿开元二十一年进士。以杜诗年谱考之，所谓'快意八九年，西归到咸阳'者天宝五载。上溯其'忤下考功第,独辟京尹堂',当在开元二十六年二十七年。纵甫登第于是时,亦刘长卿之后辈矣,而分刘为中,何也?"

三百年的唐诗,本是成一整个脉络的发展,必欲划出显明界限,割裂成几个片段,一若前后彼此各不相属者,这实在是固哉其言诗了。何况高棅的分初、中、盛、晚,并含有褒贬之意在其间呢?但是一代文学发展的脉络,往往成一根起伏线,这根起伏线必然包涵着盛衰变迁的趋势,我们把这些盛衰变迁的脉络分做几段,以便于研究和叙述,并不是毫无理由。唐诗的变迁发展,初唐显然是齐梁的遗风;盛唐是新旧体诗发展的最高潮;中唐则由盛唐而一变再变,变到新体诗发展之极;晚唐则完全是唐新体诗最后的闪烁,显然是唐诗的末运到了。简单说一句,唐诗的发展,固成整个脉络;但唐诗的变迁,把唐诗弄成了一根起、盛、变、衰的波浪线。我们根据这种波浪线,而分唐诗为四个时期,是无妨的。且为明了唐诗发展的阶级起见,为叙述的便利起见,唐诗的分期亦是必要的。我们在下面分唐诗为第一、第二、第三、第四,四个时期,便是指明唐诗起、盛、变、衰的脉络,并非硬分唐诗为几片段。至于下列各章虽亦沿用"初唐""盛唐""中唐""晚唐"这些名词,乃只为叙述的清楚计,并不含有何等褒贬深意的。

既然说明了分期的意义,往下从第一时期的唐诗说起。

叶燮云:"唐初沿卑靡浮艳之习,句栉字比,非古非律,诗之极衰也!"(《原诗》)老实说:第一时期的唐诗,如从诗的格调和诗的气象看来,实在还够不上说是唐诗。这话自然不是根本否认初唐诗的价值。我的意思是说:初唐诗虽则没有和初唐以后的唐诗相等的价值,却有齐梁诗的价值。这话怎讲呢?在前一章曾说过,唐诗的来源,是由南北朝时,中国固有的民族性的文学,受了北方新进民族性的文学之影响而成功的。照理论讲,这种代表新时代的诗体,在唐诗的第一时期,便应该开始发展下去,但在实际上呢,初唐文学不但没有表现唐诗的特殊精神,而且是回头向着古典主义的路上走,继续着沈约、庾信所倡新韵律的古典诗的发展。

细察初唐的时代背景,便知齐梁新韵律的古典诗在初唐的发展,实非偶然。初唐原来是歌舞升平的时代,又是应制诗最盛的时代。时代升平,所需要的,只是歌颂太平的古典文学,何况有初唐的君主正在积极提倡呢?在别一方面观之,北朝的豪爽亢直文学所以形成,固然是由于胡人的民族性使然,亦因为与中国同化未深,而北朝又未曾统一,成为不断战争杀伐的局面,适宜于北朝豪放勇悍的文学的发展。到了唐代,虽然南北两大民族统一糅合起来,但初唐的时代背景,却不是与北朝一般的时代背景,而是南朝的时代背景。

因为时代背景不同,所以初唐亦不容许向北朝化,而继续南朝贵族文学未完的发展。

沈约所倡的新体诗,新韵律的古典诗,就是最适宜于歌颂太平的,所以在初唐自然地发展了。

在初唐应制派的古典诗体流行的当中,突破这种"靡靡之音"的阵线的,也有一种雄壮调子的诗。因为初唐正是向外开辟疆土的时代,谁人不想去投笔从戎,建立功名。如魏徵的《述怀》便是很有气魄的:"中原初逐鹿,投笔事戎轩。纵横计不就,慷慨志犹存。杖策谒天子,驱马出关门,请缨系南粤,凭轼下东藩。郁纡陟高岫,出没望平原。古木鸣寒鸟,空山啼夜猿。既伤千里目,还惊九折魂。岂不惮艰险,深怀国士恩。季布无二诺,侯嬴重一言。人生感意气,功名谁复论。"如卢照邻的《刘生》:"刘生气不平,抱剑欲专征。报恩为豪侠,死难在横行。翠羽装刀鞘,黄金饰马铃。但令一顾重,不吝百身轻。"杨炯的《出塞》:"塞外欲纷纭,雌雄犹未分。明堂占气色,华盖辨星文。二月河魁将,三千太乙军。丈夫皆有志,会见立功勋。"骆宾王的《从军行》:"平生一顾重,意气溢三军。野日分戈影,天星合剑文。弓弦抱汉月,马足践胡尘。不求生入塞,唯当死报君。"沈佺期的《塞北》:"胡骑犯边埃,风从丑上来。五原烽火急,六郡羽书催。冰壮飞狐冷，霜浓候雁哀。将军朝授钺，战士夜衔枚。紫塞金河里，葱山铁勒隈。莲花秋剑发，桂叶晓旗开。秘略三军动，妖氛百战摧。何言投笔去，终作勒铭回。"这种壮丽的诗，在初唐诗中的确是一种特色，每一个作家都有几首这样很有气魄的作品。但是时代的趋向已经沉醉于享乐主义的古典诗的风气中，这种杀伐之音，自然要销沉下去了，自然要变"不求生入塞，唯当死报君"的诗，而为"自有神仙鸣凤曲，并将歌舞报恩晖"的诗了。一线微微的诗的曙光，便消失在古典的初唐诗的里面。

这样，初唐诗便失却价值吗？不然！初唐诗自有不可磨灭的价值在。

隋既为唐所灭，那些诗人，亦入唐。他们不但毫无故国之感，而且个个都在唐朝做高官。唐主乐于笼络他们。他们的诗充满享乐主义的色彩。如杨师道，原是隋宗室，他的诗实在作得不坏，如：

"汉家伊洛九重城，御路浮桥万里平。桂户雕梁连绮翼，虹梁绣柱映丹楹。朝光欲动千门曙，丽日初照百花明。燕赵娥眉旧倾国，楚宫细腰本传名。二月桑津期结伴，三春淇水逐关情。兰丛有意飞双蝶，柳叶无趣隐啼莺。扇里细妆将夜并，风前独舞共花荣。两鬟百万谁论

价,一笑千金判是轻。不为披图来侍寝,非因主第奉身迎。羊车讵畏青门闭,兔月今宵照后庭。"(《阙题》)

这种诗仍是继续齐梁的风格,没有唐诗风味。又如陈叔达和袁朗的诗,都很有才华,但仍是陈隋的诗,不是唐诗。然而我们却不能因为他没有具备唐诗的风格,而说他们的诗不好。他们的诗往往有很好的,例如陈叔达的诗:

"自君之出矣,红颜转憔悴。思君如明烛,煎心且衔泪。"
"自君之出矣,明镜罢红妆。思君如夜烛,煎泪几千行!"(《自君之出矣》)

袁朗的诗:

"危弦断客心,虚弹落惊禽。新秋百虑净,独夜九愁深。枯蓬唯逐吹,坠叶不归林。如何悲此曲,坐作白头吟。"(《秋夜独坐》)

同时由隋入唐的,还有孔绍安、虞世南、王珪、李百药等人，作品流传很少。大约他们的才气既不发扬，感染时代的色彩很浅，而功名利禄之欲又太深，所以作品就卑不足道。在这时期，只有王绩，足称为初唐第一时期的诗人。这位诗人的生活，是很浪漫有趣的。他原仕隋作秘书省正字，却不愿意，求为一小县的丞，赋诗嗜酒为乐。后来唐代予以好官，他又不愿，而求为丞。末了，丞也做不惯，弃官而归隐东皋，从事于著述生活。读他的诗，便觉他是他自述生活的状况。例如《过酒家》诗：

"此日长昏饮，非关养性灵。眼看人尽醉，何忍独为醒！"

"对酒但知饮，逢人莫强牵。倚垆便得睡，横瓮足堪眠。"

《独酌》诗：

"浮生知几日，无状逐空名。不如多酿酒，时向竹林倾。"

这种诗还不免发议论的病，往下的诗便更洒脱：

"东皋薄暮望，徙倚欲何依。树树皆秋色，山山唯落晖。牧人驱犊返，猎马带禽归。相顾无相识，长歌怀采薇。"（《野望》）

"石苔应可践，丛枝幸易攀。青溪归路直，乘月夜歌还。"（《夜还东溪》）

"为向东溪道，人来路渐赊。山中春酒熟，何处得停家。"（《山中别李处士》）

王绩的生活有些像陶潜，诗品亦似之。每首诗都充满幽逸的风味。在初唐那样沉醉于秾艳的诗的风气当中，不能不说王绩是独具一格的田园诗人。可惜一般文学史家，却轻轻地遗漏了这一位可贵的诗人。

当时政治，渐渐由才统一的纷乱局面，走上轨道，有了贞观、开元之治，唐初诸帝的爱好文学，于以造成唐代第一时期的诗坛，诗人自然多起来了，如号称四杰的王、杨、卢、骆，号称四友的李、杜、苏、崔，应制派的诗人上官仪、沈佺期、宋之问，与张九龄、陈子昂辈，都是这时期诗坛的健将。欲了解这时期唐诗的内容，便不能不将这些代表诗人加以比较详细的研究。

（一）王勃，字子安，绛州龙门人。六岁即能文。不幸多才命薄，二十八岁，即以渡海溺水悸死。传说勃为文，初不精思，磨墨数升，引被覆面而卧，忽起书之，不易一字。其诗表现才华之处极多，例如：

"客心千里倦，春事一朝归。还伤北园里，重见落花飞。"（《羁春》）
"长江悲已滞，万里念将归。况属高风晚，山山黄叶飞。"（《山中》）
"江旷春潮白，山长晓岫青。他乡临眺极，花柳映边亭。"（《早春野望》）
"野客思茅宇，山人爱竹林。琴尊唯待处，风月自相寻。"（《赠李十四》）

勃的好诗往往在他的五绝中，《艺苑卮言》称其逼近乐府，信然。但因其作品专尚才华，便免不了雕刻粉饰，这在他七律诗中，看得出来：

"滕王高阁临江渚，佩玉鸣鸾罢歌舞。画栋朝飞南浦云，珠帘暮卷西山雨。闲云潭影日悠悠，物换星移

几度秋。阁中帝子今何在,槛外长江空自流。"(《滕王阁》)

他仅有才华,而无气魄;加以少年殂落,未能尽量发泄才气,造诣便止于是了。

(二)杨炯,华阴人,曾为盈川令。尝自言云:"吾愧在卢前,耻居王后。"张说云:"杨盈川文思如悬河注水,酌之不竭。既优于卢,亦不减王也。"炯为人颇恃才,诗亦有壮气。例如:

"烽火照西京,心中自不平。牙璋辞凤阙,铁骑绕龙城。雪暗凋旗画,风多杂鼓声。宁为百夫长,胜作一书生。"(《从军行》)

"边地遥无极,征人去不还。秋容凋翠羽,别泪损红颜。望断流星驿,心驰明月关。藁砧何处在,杨柳自堪攀。"(《折杨柳》)

所谓王、杨、卢、骆,不过四杰之联称,次序间并非含有褒贬。只就诗而论,杨炯或应列在四杰之末。

(三)卢照邻,字升之。范阳人。官仅一尉。后以手足挛

废,贫苦不堪,至自投水死。故生平所作,多言愁苦。例如:

"陇阪高无极,征人一望乡。关河别去水,沙塞断归肠。马系千年树,旌悬九月霜。从来共呜咽,皆是为勤王。"(《陇头水》)

"合殿恩中绝,交河使渐稀。肝肠辞玉辇,形影向金微。汉地草应绿,胡庭沙正飞。愿逐三秋雁,年年一度归。"(《昭君怨》)

"浮香绕曲岸,圆影覆华池。常恐秋风早,飘零君不知。"(《曲池荷》)

"高情临爽月,急响送秋风。独有危冠意,还将衰鬓同。"(《含风蝉》)

卢照邻在四杰里,身世最为凄凉。虽自云:"伟哉旷达士,知命固不忧。"然忍不住的哀伤,终究在诗里自在地流露出来。

(四)骆宾王,义乌人,尝作《帝京篇》,当时以为绝唱。徐敬业举兵,骆宾王为撰讨武氏檄文,武后叹为奇才。其诗波澜回阔,洋洋数百言,虽不免浮艳然系初唐人通病。例如:

"边烽警榆塞，侠客度桑干。柳叶开银镝，桃花照玉鞍。满月临弓影，连星入剑端。不学燕丹客，空歌易水寒。"（《送郑少府》）

"城上风威冷，江中水气寒。戎衣何日定，歌舞入长安。"（《在军登城楼》）

"此地别燕丹，壮士发冲冠。昔时人已没，今日水犹寒。"（《于易水送人》）

宾王是献身革命的诗人，不比杨炯的空有其志，故其诗益为雄壮，其《从军中行路难》"君不见封狐雄虺自成群"与"君不见玉关尘色暗边庭"二首古风，更奔放有气魄，已脱初唐诗格的藩篱了。

杜甫诗云："王杨卢骆当时体，轻薄为文哂未休。尔曹身与名俱灭，不废江河万古流。"此诗评四杰，未免过誉；然如王士贞所云："卢、骆、王、杨，号称四杰，词旨华丽，固缘陈隋之遗，骨气翩翩，意象老境，超然胜之。"我们读过四杰的诗，便深知《艺苑卮言》的话是不错底。

（五）上官仪，字游韶，陕州陕人。其诗绮错婉媚，人多效之，谓为上官体。在高宗时代应制诗人中的最负盛名。其

诗如:

"玉关春色晚,金河路几千。琴悲桂条上,笛怨柳花前。雾掩临妆月,风惊入鬓蝉。缄书待还使,泪尽白云天。"(《王昭君》)

"脉脉广川流,驱马历长洲。鹊飞山月曙,蝉噪野风秋。"(《入朝洛堤步月》)

(六)杜审言,字必简,襄阳人。辄自矜其才,尝言:"吾文章合得屈宋为衙官。"放诞有如此者。其诗如:

"知君书记本翩翩,为许从戎赴朔边。红粉楼中应计日,燕支山下莫经年。"(《赠苏绾书记》)

"迟日园林悲昔游,今春花鸟作边愁。独怜京国人南窜,不似湘江水北流。"(《渡湘江》)

"红粉青娥映楚云,桃花马上石榴裙。罗敷独向东方去,漫学他家作使君。"(《戏赠赵使君美人》)

《艺苑卮言》称:"杜审言华藻整栗,小让沈宋;而气度高逸,神情圆畅,自是中兴之祖,宜其矜率乃尔。"王世贞这段话是说得很错的,审言是初唐色彩很浓厚的诗人,怎能说是中兴之祖呢?

(七)李峤,字巨山,赵州赞皇人。在四友里面,李峤的诗,应推为最丰富的了。初与王勃、杨炯诸诗人同仕,后与崔融、苏味道齐名,晚年尤独享盛名,为时人矜式。其诗以《汾阴行》最有名:

"……自从天子向秦关,玉辇金车不复还。珠帘羽扇长寂寞,鼎胡龙髯安可攀?千龄人事一朝空,四海为家此路穷。豪雄意气今何在?坛场宫馆尽蒿蓬。路逢故老长叹息,世事回环不可测。昔时青楼对歌舞,今日黄埃聚荆棘。山川满目泪沾衣,富贵荣华能几时?不见只今汾水上,唯有年年秋雁飞!"

玄宗读此诗,叹为真才子!但李峤的好诗实在不多。

(八)苏味道,赵州栾城人。与李峤齐名,号称苏李。其诗多不传。姑举一例。

"火树银花合,星桥铁锁开。暗尘随马去,明月逐人来。游伎皆秾李,行歌尽落梅。金吾不禁夜,玉漏莫相

催!"(《正月十五夜》)

这类的诗虽缺乏情感,然抒写太平时代的繁华景况很真切,还不失为一首好诗。其实,这样的诗,即是沈佺期、宋之问,亦不会写出几首来呢。

(九)崔融,字安成。全节人。其诗如《和梁王众传张光禄是王子晋后身》,毫无气骨,虽附名四友之末,实在够不上说是初唐的代表诗人。姑举其诗一首为例。

"月生西海上,气逐边风壮。万里度关山,茫茫非一状。汉兵开郡国,胡马窥亭障。夜夜闻悲笳,征人起南望。"(《关山月》)

(十)沈佺期,字云卿。相州内黄人。与宋之问齐名,时人语云:"苏、李居前,沈、宋比肩。"自建安到六朝,声律屡变,至沈约、庾信而益精密,及至沈宋,更"回忌声病,约句准篇",尤加靡丽了。沈、宋虽均以应制诗人著称,然其所谓应制奉和等诗,一味粉饰铺张,谀扬称颂,实不足以言诗。但是,却亦不可一概而论,说他们没有好诗,佺期的诗如:

"陇山飞落叶,陇雁度寒天。愁见三秋水,分为两地泉。西流入羌郡,东下向秦川。征客重回首,肝肠空自怜!"(《陇头水》)

"巫山高不极,合沓状奇新。暗谷疑风雨,阴崖若鬼神。月明三峡曙,潮满九江春。为问阳台客,应知入梦人。"(《巫山高》)

"非君惜鸾殿,非妾妒蛾眉。薄命由骄虏,无情是画师。嫁来胡地日,不并汉宫时。心苦无聊赖,何堪马上辞!"(《王昭君》)

我们读佺期的诗,觉得佺期写情的手腕并不坏,但是他名利心太重,只缘文以干禄,便堕入应制的古典诗里面,不得翻身了。

(十一)宋之问,字延清。虢州弘农人。诗的风格和诗的地位,和沈佺期相等。但之问的才气似比佺期大些,之问的才力似乎还不致为声律所束缚,完全失却表现的能力。试看他的诗:

"妾住越城南,离居不自堪。采花惊曙鸟,摘叶喂春蚕。懒结茱萸带,愁安玳瑁簪。待君消瘦尽,日暮碧江

潭。"(《江南曲》)

"浩渺浸云根，烟岚出远村。鸟归沙有迹，帆过浪无痕。望水知柔性，看山欲断魂。纵情犹未已，回马欲黄昏。"(《江亭晚望》)

"岭外音书断，经冬复历春。近乡情更怯，不敢问来人。"(《渡汉江》)

"卧病人事绝，嗟君万里行。河桥不相送，江树远含情。别路追孙楚，维舟吊屈平。可惜龙泉剑，流落在丰城。"(《送杜审言》)

独孤及论沈、宋云："汉魏之间，作者犹质有余而文不足。以今揆昔，则有朱经疏越大羹遗味之叹。沈詹事、宋考功始裁六律，彰施五彩，使言之而中伦，歌之而成声，缘情绮靡之功，至是始备。虽去雅寖远，其利有过于古，犹路鼗出于土鼓，篆籀生于鸟迹。"独孤氏这种见解不是很对的。律诗的完成，我们固不能不归功于沈、宋。但从律诗的根本着想，这种严格的律诗，使作者的情感思想不能充分地在诗里面表现出来，又不能不归罪于沈、宋了。

（十二）张九龄，字子寿，韶州曲江人。做过宰相，其诗恰如其人之有大臣风度。他的《感遇》十二首，大有温柔敦厚的《诗经》风味。此外比较情感化的诗，如：

"巫山与天近，烟景长青荧。此中楚王梦，梦得神女灵。神女去已久，云雨空冥冥。唯有巴猿啸，哀音不可听！"（《巫山高》）

"自君之出矣，不复理残机。思君如满月，夜夜减清辉。"（《赋得自君之出矣》）

九龄的诗实在没有什么特殊的情调，不过熏染初唐那种秾丽的色彩很少，而多一点古意罢了。

（十三）陈子昂，字伯玉，梓州射洪人。他是初唐诗坛的第一个叛徒。九龄还只是私自地仿古，陈子昂则显著地提倡复古，他指摘齐梁诗的"彩丽竞繁，兴寄都绝"，他要继续五百年前的汉魏道统，他的诗如"前不见古人，后不见来者，念天地之悠悠，独怆然而涕下"（《登幽州台歌》），已经是古意很深了。但我们却不能说陈子昂已经得到了复古的成功，尤其在诗歌里面，子昂只不过向着复古的方向跑，实无值得夸张的成绩。最多，我们说子昂是唐诗第二时期的先驱者罢。

末了，我们不要轻轻忘掉两位诗人，一是刘希夷，一是张若虚。这两位诗人的生平，已无多可考，仅传下几首诗。但就

此几首诗,便看出其伟大:

刘希夷的诗,例如:

"洛阳城东桃李花,飞来飞去落谁家?洛阳女儿好颜色,行逢落花长叹息。今年花落颜色改,明年花落复谁在?已见松柏摧为薪,更闻桑田变成海。古人无复洛城东,今人还对落花风。年年岁岁花相似,岁岁年年人不同。寄言全盛红颜子,应怜半死白头翁。此翁白头真可怜,伊昔红颜美少年。公子王孙芳树下,清歌妙舞落花前。光禄池台开锦绣,将军楼阁画神仙。一朝卧病无相识,三春行乐在谁边?宛转娥眉能几时,须臾鹤发乱如丝。但看古来歌舞地,惟有黄昏鸟雀悲。"(《代悲白头翁》)

张若虚的诗,例如:

"春江潮水连海平,海上明月共潮生。滟滟随波千万里,何处春江无月明。江流宛转绕芳甸,月照花林皆似霰。空里流霜不觉飞,汀上白沙看不见。江天一色无纤尘,皎皎空中孤月轮。江畔何人初见月?江月何年初照人?人生代代无穷已,江月年年只相似。不知江月待何人,但见长江送流水。白云一片去悠悠,青枫浦上不胜愁。谁家今夜扁舟子,何处相思明月楼?可怜楼上月徘徊,应照离人妆镜台。玉户帘中卷不去,捣衣砧上拂还来。此时相望不相闻,愿逐月华流照君。鸿雁长飞光不度,鱼龙潜跃水成文。昨夜闲潭梦落花,可怜春半不还家。江水流春去欲尽,江潭落月复西斜。斜月沉沉藏海雾,碣石潇湘无限路。不知乘月几人归,落月摇情满江树。"(《春江花月夜》)

有这样两首诗,实在足以点缀唐诗第一时期的最后的光荣。此外还有许多作家如于季子,其诗:"北伐虽全赵,东归不王秦。空歌拔山力,羞作渡江人。"(《咏项羽》)苏颋诗:"北风吹白云,万里渡河汾。心绪逢摇落,秋声不可闻。"(《汾上惊秋》)这些诗都是很可贵的。又如许敬宗、张说、张文琮、赵彦伯、李适、卢藏用、阎朝隐、郭元震,都是唐诗第一时期很值得研究的诗人。本书末列有小传,这里都从略了。

第四章　唐诗的第二时期
（自开元间至大历初，凡五十余年）

我们细察第一时期的唐诗，变迁的趋向，有几点实在是很值得注意的：第一，自沈约倡新韵律以来，第一时期的唐诗，便是跟依此路进行。到了宋之问、沈佺期的诗更"回忌声病"，"约句准篇"，越发靡丽了。这种靡丽诗风过量发展的结果，同时却起一个很大的反动，便是张九龄、陈子昂的复古运动。张九龄还不过自造一种古雅的风格，竭力摹古；陈子昂则旗帜鲜明地高标汉魏，高标"正始之音"，慢慢地把初唐的靡丽诗风移转过来了。第二，古诗在初唐虽然还是流行着，但初唐诗人的古诗实在远比不上汉魏时代了，偶然有几首好诗，如《代悲白头翁》《春江花月夜》，也完全不是汉魏诗的风格。尤其可注意的是，在许多初唐诗人中，他们作的古诗，往往不可读，而他们的绝句或律诗，往往清新可喜。可说这种新体诗在唐诗的第一时期，便已有相当的成功了。

一方面由复古运动的力量，把初唐时代的靡丽诗风打破了；一方面新起来的新体诗，又已经走上成功的路，这样一步一步下去，便造成唐诗第二时期的诗坛，即所谓盛唐时期。

盛唐诗的意义是什么呢？平常所谓盛唐，便是指唐诗的最盛时期，假如唐诗的全部脉络，可以形成一根起伏线，那么，盛唐便是这线的最高点。但盛唐何以盛？盛唐诗何以在唐诗里面占着特殊的位置？这问题不可不研究一番。我以为盛唐诗的成功，有两个原因：

就诗的体裁说：新体诗在初唐时代，已经试验成功，前已说过。话虽如此，我们只是承认新体诗是已经试验成功的诗体，至于怎样将这种诗体发扬光大，自非所望于初唐的诗人。我们拿初唐新体诗来与盛唐新体诗比较，便很易发现初唐新体诗的描写，是如何的不活泼、不自然！例如盛唐最负盛誉的新体诗，如李白的《白帝下江陵》："朝辞白帝彩云间，千里江陵一日还。两岸猿声啼不尽，轻舟已过万重山。"又如王维的《送元二使安西》："渭城朝雨浥轻尘，客舍青青柳色新。劝君更尽一杯酒，西出阳关无故人。"这是盛唐诗里面轰动千古的作品，其特色亦不过在描写的活泼与自然；要描写的活泼与自然，必须有艺术上的熟练。初唐是唐诗的第一时期，那还是新体诗的试验时代，自然不会马上能运用得很熟练、很巧妙。到了盛唐，已入唐诗的第二时期，在这时期的诗人，已经得第一时期许多好诗作底子，驾轻就熟，做更进一步的发扬光大，自能有必然的发展，这是盛唐诗成功的第一原因。

就诗的表现方面说：在前面已说过，初唐的时代背景是太平天下。这种太平背景所产生的文学，是太平文学。太平文学，因为内容缺乏情感的生命，所以很少有文学上的价值。盛唐所处的时代，恰与初唐相反。虽说开元中犹是歌舞升平，这个时期是很短的，不久"渔阳鼙鼓动地来，惊破《霓裳羽衣曲》"，天宝以后，便成纷乱如麻的世界。这样纷乱如麻的世界，在史学上是政治的黑暗时期，在文学上反是光明时期，平添许多给诗人可叹可悲、可歌可泣的描写资料。盛唐诗人的后半部作品，所以能引起我们的感慨哀伤，都是时代的背景使然。尤其是杜甫，我们很明显地看得出来，假如没有天宝以后纷乱时代的社会背景，杜甫的诗，绝不会有那样伟大的成功，这是可以断言的。所以说盛唐的时代背景，给与诗人在表现上最丰富的内容，这亦是盛唐诗成功的一原因。

从这两个原因，我们明白盛唐诗的发达与成功，完全是时代使然，绝不是几个大诗人，如李白、杜甫所造成的。不但不是李白、杜甫所造成的，亦不是一切盛唐诗人所造成的。反过来说：李白、杜甫以及其他盛唐诗人的诗的造诣，大半倒是由盛唐时代所造成的。往下我们根据这种时代的眼光，来研究李白、杜甫，及其他盛唐时代的诗人。

说到李、杜，谁亦不能否认他们是中国诗歌史上的两大权威，谁亦知道他们是中国二千年来诗坛的两大柱石。但是他们怎样造成这么伟大的权威呢？有的说李白是复古派诗人，有的说杜甫是创新派诗人，有的说杜甫是"读破万卷书"，才能"下笔如有神"，有的说李白诗的成功是由于"一生低首谢宣城"，我们总括那些批评，总不外三说：

（甲）天才说；

（乙）复古说；

（丙）崇新说。

说李、杜的伟大是由于天才的结果，这自然不是圆满的理论。李、杜固然是有特殊的天赋诗才，但是若全以天才来解释李、杜，而忽视环境与时代影响之力，那么，我们能说李、杜是以天才超越一切吗？在文学史上有天才如李、杜者实不乏其人，而成功却往往远不如李、杜，即如韩愈、苏轼的诗的造诣，实在不及李、杜，但我们却绝对不能说这是李、杜的天才高出于韩、苏。可见天才说之不能解释李、杜，这是很明显底。若说李白的诗的成就是由于复古，而杜甫的诗的成就是由于崇新，这似乎是不错了。至少也可以说这是有根据的言论了。李白自己说过："五言不如四言，七言又其靡也。"杜甫则如元稹诗云："怜渠自道当时语，不傍心源着古人。"照这样说，李白至多亦不过是追配古人，何以能成功他特殊的伟大？况且李白在实际上大作其七言诗，五言次之，四言则不但稀如凤毛麟角，而且并没有很好的。则李白此言，是否可靠，更是一个大问题。可见复古说亦是不能成立的。至于论杜甫的创新，是不容我们驳斥的，然而这只是片段的说明，而不是用理论来解释李、杜诗的全部，亦不能使人满意。老实说罢，我们如其要明白李、杜何以在诗坛上造成伟大的权威，决不能架造空中楼阁的理论，必须站在"时代文学"的立场，才能得着关于李、杜诗的正当解释。所谓时代文学，形成之条件，不外下列三项。

第一，在体裁上，必须有新的形式；

第二，在风格上，必须有新的格调；

第三，在描写上，必须有新的内容。

盛唐之所以伟大，因其一方面接受南北两朝文学合成的新诗格，一方面继承初唐新体诗的发展，同时又得着时代背景所给与特殊丰富的描写资料。现在更进一步说：李白、杜甫之所以伟大，便是能为盛唐诗坛的领袖。这便是说：李、杜诗的特色，是在有新的形式，有新的风格，有新的内容。这种形式、风格、内容，在李、杜的作品里面，都显示很大的成功。而李、杜的成功，恰好各人造成两个不同的诗的倾向，往下分别介绍他们的作品。

（一）李白，字太白，陇西成纪人。少年生活，可由他的《上韩荆州书》："白陇西布衣，流落楚汉。十五好剑术，干于诸侯。三十成文章，历抵卿相。"看得出是带有几分侠气。三十以后，曾在玄宗时代，有一段贵显的生活。但往下便到处飘流。有时痛饮狂歌，有时求仙受道。他走遍赵魏燕晋，涉邠岐，经洛阳、淮泗诸地，而入会稽。后来或流浪于河洛梁园，忽又僻居庐山。其后竟以犯罪长流夜郎。赦还之后，仍然继续过他飘泊的生活，以至于死。葬于当涂之青山。时年六十二。飘泊本是诗人的生涯。李白漫游天下，不仅扩大胸襟，亦且成就了其诗的伟大豪放！

李白有伟大的时代背景，有丰富的诗人生活，加上天才的高绝，气魄的磅礴，怎样不成就诗的伟大呢？

说到李白的诗，没有不称道他的五七言歌行的。他的五言歌行如《短歌行》《关山月》《妾命薄》《月下酌酒》《子夜歌》，七言歌行如《乌栖曲》《乌夜啼》《把酒问月》《灞陵行》一类的诗，都是很脍炙人口的。例如：

"妾发初覆额，折花门前剧。郎骑竹马来，绕床弄青梅。同居长干里，两小无嫌猜。十四为君妇，羞颜未尝开。低头向暗壁，千唤不一回。十五始展眉，愿同尘与灰。常存抱柱信，岂上望夫台？十六君远行，瞿塘滟滪堆。五月不可触，猿声天上哀。门前迟行迹，一一生绿苔。苔深不能扫，落叶秋风早。八月蝴蝶来，双飞西园草。感此伤妾心，坐愁红颜老！早晚下三巴，预将书报家。相迎不道远，直至长风沙。"（《长干行》）

像这样的诗自然不坏，但这种诗实在不足以表现太白的气魄。而且太白的五言歌行，实不如他的七言长歌，往往有淋漓放肆的壮气，例如：

"君不见黄河之水天上来，奔流到海不复回。君不见高堂明镜悲白发，朝如青丝暮成雪。人生得意须尽欢，莫使金樽空对月。天生我材必有用，千金散尽还复来。烹羊宰牛且为乐，会须一饮三百杯。岑夫子，丹邱生，将进酒，君莫停。与君歌一曲，请君为我侧耳听：钟鼓馔玉不足贵，但愿长醉不复醒。古来圣贤皆寂寞，唯有饮者留其名。陈王昔时宴平乐,斗酒十千恣欢谑。主人何为言少钱,径须沽取对君酌。五花马,千金裘,呼儿将出换美酒,与尔同销万古愁!"(《将进酒》)

我们读太白诗,往往有"黄河之水天上来"之感,如"噫!吁!嚱!危乎!高哉!",如"弃我去者,昨日之日不可留!乱我心者,今日之日多烦忧",如"划却君山好,平铺江水流,巴陵无限酒,醉杀洞庭秋",这些诗都是全无边际的突如其来,说到中间,忽五言忽七言,仿佛一个神游病者要和人拼命一般,令人吓倒;又仿佛千军万马奔来,有移山倒海之势,如真个要"我且为君搥破黄鹤楼,君亦为吾蹴倒鹦鹉洲",令人惊绝!五七言古诗到唐本是已经死去的诗体了,但以李白的气魄宏大,运用得如生龙活虎,所以还值得后人称道。但李白诗的最大的成功却实不在这种古体诗。单就古体诗讲,汉魏六朝早已成功,李白的古诗虽好,却亦未能超迈前人,所以杜甫评李白的古诗有:"清新庾开府,俊逸鲍参军""李侯有佳句,往往似阴铿"之语,可见李白的古诗是模拟,不是创造,已落第二义了。并且李白在许多歌行里面,往往不免有说空话的习气,亦是缺点。仅就古诗来论李白,李白实没有全超脱汉魏的境界。然李白诗的最大成就,并不在此。他的最大成就，是在近体诗，尤其是绝句。我们最少总读过："床前看月光，疑是地上霜。举头望山月，低头思故乡。"(《静夜思》)这是何等真挚！何等自然！又如：

"玉阶生白露，夜久侵罗袜。却下水晶帘，玲珑望秋月。"(《玉阶怨》)

"对酒不觉暝，落花盈我衣。醉起步溪月，鸟还人亦稀。"(《自遣》)

"美人卷珠帘，深坐颦蛾眉。但见泪痕湿，不知心恨谁？"(《怨情》)

"渌水明秋日，南湖采白蘋。荷花娇欲语，愁杀荡舟人。"(《渌水曲》)

"羌笛梅花引，吴溪陇水清。寒山秋浦月，肠断玉关情。"(《青溪半夜闻笛》)

"天下伤心处，劳劳送客亭。春风知别苦，不遣柳条青。"(《劳劳亭》)

李白的古诗，气胜于情，应该说是抒气诗。他的绝句诗，情胜于气，才算是抒情诗。如爱他的抒情诗，尤不可以不读他的七绝：

"云想衣裳花想容,春风拂槛露华浓。若非群玉山头见,会向瑶台月下逢。"

"一枝秾艳露凝香,云雨巫山枉断肠。借问汉宫谁得似,可怜飞燕倚新妆。"

"名花倾国两相欢,长得君王带笑看。解释春风无限恨,沉香亭北倚栏干。"(以上《清平调》)

"桂殿长愁不记春,黄金四屋起秋尘。夜悬明镜青天上,独照长门宫里人。"(《长门怨》)

"骝马新跨白玉鞍,战罢沙场月色寒。城头铁鼓声犹震,匣里金刀血未干。"(《从军行》)

"百战沙场碎铁衣,城南已合数重围。突营射杀呼延将,独领残兵千骑归。"(《从军行》)

"谁家玉笛暗飞声,散入春风满洛城。此夜曲中闻折柳,何人不起故园情。"(《闻笛》)

"洞庭西望楚江分,水尽南天不见云。日落长沙秋色远,不知何处吊湘君!"(《陪族叔刑部侍郎晔及中书贾舍人至游洞庭》)

"故人西辞黄鹤楼,烟花三月下扬州。孤帆远影碧空尽,惟见长江天际流。"(《送孟浩然之广陵》)

"越王勾践破吴归,战士还家尽锦衣。宫女如花满春

殿,只今惟有鹧鸪飞。"(《越中览古》)

"骏马骄行踏落花,垂鞭直拂五云车。美人一笑搴珠箔,遥指红楼是妾家。"(《陌上赠美人》)

太白的七绝,几乎首首都是很好的抒情诗。与其说太白是复古诗人,不如说太白是新体诗的圣手。王元美云:"五七言绝,太白神矣;七言歌行,太白圣矣。"我们要改说:"五言绝,太白神矣;七言绝,太白圣矣!"王士祯云:"唐三百年以绝句擅场,即唐三百年之乐府也。"又云:"七言绝句,少伯与太白,争胜毫厘,俱是神品。"王世懋云:"绝句之源出于乐府,……盛唐惟青莲龙标二家诣极,李更自然。"(《艺圃撷余》)据此以观,以新体绝诗推重李白,古人已先获我心了。

(二)杜甫,字子美。本籍襄阳。徙居巩。诗人杜审言之孙。陈后山《诗话》云:"黄鲁直言:子美之诗法,由于审言。"此语虽不甚确,然子美之于诗,确属渊源家学,七岁即已能诗。贡举不第。进《三大礼赋》,授京兆府兵曹参军。经安禄山之乱,转徙流离,几死于难。肃宗即位,拜为左拾遗。后入蜀依严武。严武死,川中大乱,又携家避至荆楚,死于耒阳。年五十九。

杜甫是有用世热忱的人，很想建功立业。他在《奉赠韦左丞》诗里说："……自谓颇挺出，立登要路津。致君尧舜上，再使风俗淳……"可见很有心改造社会。无如用世之心愈切，却无往而不失意。所谓"百年歌自苦，未见有知音""此生任草木，垂老独漂萍"，可见老杜晚年的感慨生哀了。但是那种到处荆棘的环境，虽然磨折杜甫在政治上的生活，却成就杜甫在文学上的造诣。我们怜他的身世，愈尊重他的作品。假如杜甫无那样困苦艰辛的经历，那么，杜诗里面那种描写社会痛苦的最精彩的诗，是不会有的。中国文人往往只有吟风弄月的生活，只有升官发财的生活，所以作品也只是些空头大话。我们研究杜诗，正是要从这种特殊生活上，才看得出杜诗的伟大！

用时代文学的眼光，我们发现杜甫诗有两方面的成功：

（1）有生活内容的悲剧叙事诗；

（2）有情感生命的新体律诗。

前者是杜诗的内容在表现上的新的成功，后者是杜诗的形体在创造运用上的新的成功。这话怎讲呢？严格讲来，我们不能说杜诗里面有多少叙事诗，但就具体的描写社会痛苦一方面讲，我们安它一个悲剧的叙事诗的名词，亦无不妥。我们晓得古诗的形体，原是过去的旧物了，杜甫的古诗不过是借用这种便于叙事的古诗体裁，来抒写新资料的社会生活。形体是旧的，内容是新的。所以我们说是有生活内容的悲剧叙事诗。这种诗在杜甫集里是不少的，如《垂老别》《新婚别》《石壕吏》《哀江头》《无家别》《新安吏》等，都是很有名的作品，且举一首《兵车行》为例：

"车辚辚，马萧萧，行人弓箭各在腰。耶娘妻子走相送，尘埃不见咸阳桥。牵衣顿足拦道哭，哭声直上干云霄。道旁过者问行人，行人但云点行频。或从十五北防河，便至四十西营田。去时里正与裹头，归来头白还戍边。边庭流血成海水，武皇开边意未已。君不见汉家山东二百州，千村万落生荆杞。纵有健妇把锄犁，禾生陇亩无东西。况复秦兵耐苦战，被驱不异犬与鸡。长者虽有问，役夫敢申恨？且如今年冬，未休关西卒。县官急索租，租税从何出？信知生男恶，反是生女好。生女犹得嫁比邻，生男埋没随百草。君不见，青海头，古来白骨无人收。新鬼烦冤旧鬼哭，天阴雨湿声啾啾！"

蔡宽夫《诗话》云："齐梁以来，文士喜为乐府，词往往失其命题本意，惟老杜《兵车行》《悲青阪》《无家别》等篇，皆因时事，自出主意立题，略不更踏前人陈迹……"这便是说杜甫的古诗，只是用古乐府的体裁，写新时代的生活，全脱古人的窠臼，自己创造新题。这不能不说是杜诗最大的成功。往后的诗人白居易、元稹，都是受杜甫古诗的影响很深的，但他们的描写，都不及老杜深刻动人。王渔洋论古诗谓："惟杜甫横绝古今，同时大匠，无敢抗行。"实非过誉。

老杜的古诗还是用旧形体来表现新内容，至于他的新体诗，完全是用新形体来表现新内容，我们称他这种诗为有情感生命的新体诗。原来新体诗格律甚严，要想在这种格律极严的新体诗里面，尤其是律诗，表现出活泼的情感，是极不容易的，虽沈（佺期）宋（之问）号称律诗圣手，亦不过以铺张工丽著名。独至杜甫能够将活跃的情感，无碍地注入严格的律诗里面去，不但不现雕琢之迹，而且描写得如天衣无缝，这才令人拜服其艺术之神妙。例如：

"剑外忽传收蓟北，初闻涕泪满衣裳。却看妻子愁何在，漫卷诗书喜若狂！白日放歌须纵酒，青春作伴好还乡。即从巴峡穿巫峡，便下襄阳向洛阳。"（《闻官军收河南河北》）

"风急天高猿啸哀，渚清沙白鸟飞回。无边落木萧萧下，不尽长江滚滚来。万里悲秋常作客，百年多病独登

台。艰难苦恨繁霜鬓，潦倒新停浊酒杯。"（《登高》）

"国破山河在，城春草木深。感时花溅泪，恨别鸟惊心。烽火连三月，家书抵万金。白头搔更短，浑欲不胜簪。"（《春望》）

律诗形式的完成，虽远在初唐，然运用律诗的形式，而得着最大的收获，便首推杜甫。李白虽亦做律诗，并且有很好的，如"凤凰台上凤凰游"实在难得的杰作；但就大体说，李白实不以律诗见长，这犹如杜甫之不能作绝句诗一样。杜甫能够在十分板滞的律诗里面，随意抒发他那歌哭惊喜的感情，毫无束缚，这是别的诗人所不能的。但他却不能运用形式比律诗更自由的绝句，这或许是天才的缺陷吧。在许多批评李、杜的言论当中，有不少可笑的议论，只有韩愈所说的"李、杜文章在，光焰万丈长"和严羽说的"子美不能为太白之飘逸；太白不能为子美之沉郁"，还有些近似。但以我们的眼光窥测李、杜，便只能认定李、杜的伟大，是在对于新体诗形式与内容创造运用的成功，是在代表时代文学的两大倾向；盛唐及以后的诗人，除少数外，都只是在李、杜的范围内求发展，都受李、杜诗的支配，下文要详细列出来。

在唐诗的第二时期中，如王昌龄、高适、岑参、王翰、王之涣等人，可认为是隶属李白一派。这并不是说他们都受过李白诗的影响和指导；他们都是各不相师的同时诗人，不过因为受同一时代环境的影响，往往因作风的煊染，于是在诗歌上造成几个相同的倾向：

（1）他们都长于作气魄宏大抒写英雄怀抱的长篇古风；

（2）他们都长于描写边塞、风调悲壮的七言绝句诗；

（3）他们都长于描写闺怨、闺情、宫怨。

就大体说来，我们可以称这派诗人为边塞派。虽然他们所作宫怨一类的诗，不能归纳到边塞诗里去，但宫怨诗不是盛唐诗人所特创的诗风，不足以表现盛唐诗的特色。他们所描写最重要的对象和最大成功的作品，便是边塞诗。很多的闺怨、闺情的描写，就其意义讲，还是边塞诗的意义。

他们作边塞诗的体裁，多半是用七绝。他们最大的成功也在此，因为是用新的形体来表现新的内容。但有时描写的内容太丰富，七绝只有二十八字，是不能容纳的，便非用古诗的体裁不可。在这种用旧的古诗体裁里面，因为所表现的是新资料，还不失为新时代的文学。我们读过李白那些《行路难》一类波澜壮阔的诗，和杜甫描写社会痛苦的长歌，完全是表现新时代的色彩情调。不过在盛唐里面，像杜甫那般肆力表现社会痛苦的诗，很不容易找出来，而摹写豪侠的诗，就是这些边塞派诗人最擅长的作品。如高适的：

"汉家烟尘在东北，汉将辞家破残贼。男儿本自重横行，天子非常赐颜色。摐金伐鼓下榆关，旌旗逶迤碣石间。校尉羽书飞瀚海，单于猎火照狼山。山川萧条极边土，胡骑凭陵杂风雨。战士军前半死生，美人帐下犹歌舞。大漠穷秋塞草腓，孤城落日斗兵稀。身当恩遇恒轻敌，力尽关山未解围。铁衣远戍辛勤久，玉箸应啼别离后。少妇城南欲断肠，征人蓟北空回首。边庭飘飖那可度，绝域苍茫更何有。杀气三时作阵云，寒声一夜传刁斗。相看白刃血纷纷，死节从来岂顾勋。君不见，沙场征战苦，至今犹忆李将军。"（《燕歌行》）

岑参的：

"君不见，走马川行雪海边，平沙莽莽黄入天。轮台九月风夜吼，一川碎石大如斗，随风满地石乱走。匈奴草黄马正肥，金山西见烟尘飞，汉家大将西出师。将军金甲夜不脱，半夜军行戈相拨，风头如刀面如割。马毛带血汗气蒸，五花连钱旋作冰，幕中草檄砚水凝。虏骑闻之应胆

慑，料知短兵不敢接，车师西门伫献捷。"（《走马川行奉送出师西征》）

李颀的：

"白日登山望烽火，黄昏饮马傍交河。行人刁斗风沙暗，公主琵琶幽怨多。野云万里无城郭，雨雪纷纷连大漠。胡雁哀鸣夜夜飞，胡儿眼泪双双落。闻道玉门犹被遮，应将性命逐轻车。年年战骨埋荒外，空见蒲桃入汉家。"（《古从军行》）

岑参有句云："早知逢世乱，少小谩读书。悔不学弯弓，向东射狂胡。"这种心理，大约足以代表当时大部分文人的心理。但既已著儒冠，也就没有办法，于是一团豪壮之气，只有泄之于诗，遂促成盛唐边塞诗的发展。

人或以为只有李、杜，便足以成盛唐诗的伟大，而忽视其他的诗人。我们千万不要落入这样的误解：我们要认定新体诗在盛唐是最活跃的时期，又是最成功的时期。那么，新体诗在盛唐能够得到最大的成功，也端赖多数盛唐诗人的努力。尤其是这些边塞派诗人，他们替诗坛开辟了一块新的描写的境界，

完全冲破从前文艺的藩篱,用新的字眼语调,造成一种新气象的作风,实在令人惊服他们创造力的伟大。例如王昌龄的诗:

"琵琶起舞换新声,总是关山离别情。撩乱边愁听不尽,高高秋月照长城。"(《从军行》)

"青海长云暗雪山,孤城遥望玉门关。黄沙百战穿金甲,不破楼兰终不还!"

"大漠风尘日色昏,红旗半卷出辕门。前军夜战洮河北,已报生擒吐谷浑。"

"秦时明月汉时关,万里长征人未还。但使龙城飞将在,不教胡马度阴山。"(《出塞》)

王翰的诗:

"葡萄美酒夜光杯,欲饮琵琶马上催。醉卧沙场君莫笑,古来征战几人回?"(《凉州词》)

王之涣的诗:

"黄河远上白云间,一片孤城万仞山。羌笛何须怨杨

柳，春风不度玉门关。"（《凉州词》）

高适的诗：

"铁骑横行铁岭头，西看逻逤取封侯。青海只今将饮马，黄河不用更防秋。"（《九曲词》）
"雪净胡天牧马还，月明羌笛戍楼间。借问梅花何处落，风吹一夜满关山。"（《塞上闻笛》）

岑参的诗：

"汉将承恩西破戎，捷书先奏未央宫。天子预开麟阁待，只今谁数贰师功。"
"日落辕门鼓角鸣，千群面缚出蕃城。洗兵鱼海云迎阵，秣马龙堆月照营。"（《献封大夫破播仙凯歌》）

这些小诗在当代都是轰动一时的作品，如"黄河远上白云间"一诗，旗亭推为绝唱。"秦时明月汉时关"一诗，李沧溟推为唐诗压卷。"葡萄美酒夜光杯"一诗，尤为后人所称道。就中以王昌龄为最负七绝诗誉，杨慎云："龙标绝句，无一篇不佳。"盖昌龄以七绝圣手，不仅擅边塞诗的描写，此外写宫怨，如"奉帚平明金殿开，且将团扇暂徘徊。玉颜不及寒鸦色，犹带朝阳日影来"；写闺情，如"闺中少妇不曾愁，春日凝妆上翠楼。忽见陌头杨柳色，悔教夫婿觅封侯"，都是七绝中上品。单就新体诗的造诣说，王昌龄实在占有与李、杜平行的地位，这是王士祯辈都说过的。

在这同一时期的唐诗人中，显然另有一派诗人，他们不但不隶属于李白们的边塞派，也与杜甫描写社会诗格不同。可以说他们的诗与时代社会无关，他们都是些享乐自然、啸傲山水的诗人。虽说国破家亡，到处纷乱，已经激动了许多诗人的慷慨与哀伤，但是这派吟风弄月的诗人，却全不为环境所动，仍旧享受自我主义的生活。这些诗人便是王维、孟浩然、储光羲、丘为、元结、崔国辅、贾至、常建辈。就这些诗人的诗的性质讲，又可以取一个总名，叫做山水派诗人。

所以有这些山水派诗人的原故，一半是宦场失意，一半是他们爱闲散的生活。这派诗人最缺乏的，是伟大的气魄和浓挚的情感，所以作品不能悲壮激昂。但是他们的诗才都是很好的。

王维是画家而兼诗人。在王维诗中，常能表现一种画意，不是别人所能企及。苏轼云："维诗中有画，画中有诗。"可

见王维的诗境,是由画境造成的。例如:

"太乙近天都,连山接海隅。白云回望合,青霭入看无。分野中峰变,阴晴众壑殊。欲投人处宿,隔水问樵夫。"(《终南山》)

"楚塞三湘接,荆门九派通。江流天地外,山色有无中。郡邑浮前浦,波澜动远空。襄阳好风日,留醉与山翁。"(《汉江临汛》)

"空山不见人,但闻人语响。返景入深林,复照青苔上。"(《鹿柴》)

"山中相送罢,日暮掩柴扉。春草明年绿,王孙归不归?"(《山中送别》)

王维原是仕宦中人,官至尚书右丞,中午以后,才过田园生活。他住在宋之问筑的辋川别墅,山川佳胜,与道友终日啸咏。在这种美好生活的沉醉中,才完成其田园诗的伟大。王维长于五言诗,但七言也未尝没有好的,如《渭城曲》:"渭城朝雨浥轻尘,客舍青青柳色新。劝君更尽一杯酒,西出阳关无故人。"在当时最负佳誉,至被乐人谱为《阳关三叠》。殷璠说:"维诗词秀调雅,意新理惬,在泉成珠,著壁成绘。"这是最合维诗的一种批评。

孟浩然的生活,比王维更放浪。他自因"不才明主弃"的一句诗忤犯玄宗以后,便无意于仕宦。李白《赠孟浩然》诗:"吾爱孟夫子,风流天下闻。红颜弃轩冕,白首卧松云。醉月频中圣,迷花不事君。高山安可仰,徒此揖清芬。"这几句诗最能表白孟浩然的性格和生活。其诗一如其人。例如:

"故人具鸡黍,邀我至田家。绿树村边合,青山郭外斜。开筵面场圃,把酒话桑麻。待到重阳日,还来就菊花。"(《过故人庄》)

"山暝闻猿愁,沧江急夜流。风鸣两岸叶,月照一孤舟。建德非吾土,维扬忆旧游。还将两行泪,遥寄海西头。"(《宿桐庐江寄广陵旧游》)

"寂寂竟何待,朝朝空自归。欲寻芳草去,惜与故人违。当路谁相假,知音世所稀。只应守索寞,还掩故园扉。"(《留别王维》)

浩然才力与王维相匹,诗的风格与造诣均相似,故号称王孟,论者至谓"李杜为尤,能介乎其间而无愧者,浩然耳"。此语浩然实可当之而无愧。

储光羲亦是一位山水派诗人。他在一首《田家杂兴》诗里说："众人耻贫贱，相与尚膏腴。我情既浩荡，所乐在畋渔。……所愿在优游，州县莫相呼。日与南山老，兀然倾一壶。"这显然是陶潜式的生活。但储光羲并非毫无功名之念，徒以宦场失意，才伏处田园，故不如陶潜生活的真朴。其诗如：

"桑柘悠悠水蘸堤，晚风晴景不妨犁。高机犹织卧蚕子，下坂饥逢饷饁妻。杏色满林羊酪熟，麦凉浮垄雉媒低。生时乐死皆由命，事在皇天志不迷。"（《田家即事》）

储光羲的诗往往有几句描写很好，却难有全首好的。例如这首《田家即事》，前几句写田家生活如画，末了却加上两句浅薄的命定论的话却坏了。光羲的诗本来很好，但太模拟陶潜，首首诗都有个陶潜式的调子，这要说是光羲诗的不幸。其实，也不能单怪光羲，王维、孟浩然亦何尝不模仿陶潜。沈德潜论唐人学陶诗云："王右丞得其清腴，孟山人得其闲远，储太祝得其真朴，韦苏州得其冲和，柳柳州得其峻洁。"于此可见唐朝的山水派诗人，都模仿陶潜，所以永远屈服于陶潜之下。盛唐中王维辈的山水诗的成功,远比不上王昌龄辈的边塞诗成功的伟大,便是这个缘故。

此外诗人的诗,如綦毋潜的《过融上人兰若》:"山头禅室挂僧衣,窗外无人溪鸟飞。黄昏半在下山路,却听钟声连翠微。"崔国辅的《白纻词》:"洛阳梨花落如霰,河阳桃叶生复齐。坐恐玉楼春欲尽,红绵粉絮裹妆啼。"裴迪的《宫槐陌》:"门前宫槐陌,是向欹湖道。秋来山雨多,落叶无人扫。"常建的《送宇文六》:"花映垂杨汉水清,微风林里一枝轻。即今江北还如此,愁杀江南离别情。"丘为的《左掖梨花》:"冷艳全欺雪,余香乍入衣。春风且莫定,吹向玉阶飞。"崔颢的《王家少妇》:"十五嫁王昌,盈盈入画堂。自矜年最少,复倚婿为郎。舞爱前溪绿,歌怜子夜长。闲来斗百草,度日不成妆。"元结的《欸乃曲》:"湘江二月春水平,满月和风宜夜行。唱桡欲过平阳戍,津吏相呼问姓名。"贾至的《泛洞庭》:"枫岸纷纷落叶多,洞庭秋水晚来波。乘兴轻舟无近远,白云明月吊湘娥。"这些作家,不能说是完全隶属山水诗派,却也常有很好的诗,但今不多说了。

第五章　唐诗的第三时期
（由大历初至文宗太和九年，凡七十余年）

盛唐时期的诗人渐渐老死，盛唐的诗坛便不能支持了。这时又有一班新诗人起来，造成唐诗第三时期的诗坛，即所谓中唐时期。这时期的诗坛更热闹，有名的诗人亦更多，派别亦更繁了。

这第三时期诗坛的时代背景实在是最纷乱。

盛唐时代还有开元朝的开明政治，自天宝乱后，国事即不可收拾，到中唐时期，纷乱越厉害了。在朝廷方面，继续有朋党之争；在宫禁里继续有宦者之祸；国境之内，继续有藩镇之乱；国境之外，继续有强寇之患，社会异常的不安宁，到处有战争、杀伐、纷乱。这样纷乱的结果对于诗人便有两种影响：第一是使诗人不能安居乐处。中国诗人本来只是安居于斗室之中，闭门吟咏，所以作不出好诗。这样一来，使诗人不能安居，而经历一种游历式的奔波生活。这种生活，对于诗的创作，是很有益处的。在诗中许多行旅、饯别、赠答、怀古、登览、伤感的杰作，都是由于这种生活所造成。第二是供给诗人以描写的资料，尤其关于社会病态、丑恶的表现，最容易引起诗人的热情。如白居易、元稹的诗，便是受社会的刺激形成的。

纷乱便是中唐诗的泉源，大约无可疑了。今再分析中唐诗的内容：

中唐诗的内容，显分四派发展。一部分的作者，在形体上，仍是接续王昌龄、李白的绝句诗的发展，但他们的描写，却并不着重于边塞诗，而用于各方面普遍生活，如李益、刘禹锡、张继、顾况及大历十才子的一部分是。一部分的作者，仍是继承王维、孟浩然辈的山水诗的发展，但他们的描写，却不专用五律七律与古诗，而试用五绝七绝，如韦应物、柳宗元、李嘉祐、刘长卿诸人是。一部分的作者，承袭杜甫的作风，着重在表现社会的痛苦，但他们的描写更通俗了，如白居易、元稹诸人是。还有一部分的作者，承袭李白的诗格，力求描写的特殊，走入流于神奇险僻，如韩愈、李贺、孟郊诸人是。这四派的发展，可说都是唐诗的适应进化的创造与发展。

今先从李益一派以绝句擅场的诗人说起。

（一）李益。益少负词场盛名，每作一篇，乐工辄以贿赂求之，唱为供奉天子的歌辞。其《夜上受降城闻笛》一诗，且施之图画。这位诗人虽备受当时推许，但一生异常困厄，李益的绝句虽已失却盛唐悲壮的风格，但无损于他的绝句的好处。

"嫁得瞿塘贾，朝朝误妾期。早知潮有信，嫁与弄潮儿。"（《江南曲》）

"冰纹珍簟思悠悠，千里佳期一夕休。从此无心爱良夜，任他明月下西楼。"（《写情》）

"回乐峰前沙似雪，受降城外月如霜。不知何处吹芦管，一夜征人尽望乡。"（《夜上受降城闻笛》）

"汴水东流无限春，隋家宫阙已成尘。行人莫上长堤望，风起杨花愁杀人！"（《汴河曲》）

李益的绝句比盛唐诗人的描写更觉进步。他的七绝几乎没有一首不好。如他的《宫怨》："似将海水添宫漏，共滴长门一夜长。"描写何等的深刻。又如《听晓角》："无限塞鸿飞不度，秋风吹入小单于。"不言凄凉，而边塞的凄凉如见。七绝的造诣到此，可算是最高的境界了。

（二）刘禹锡。禹锡诗的成功也在绝句，而且在七绝。

他为人很有傲气,屡仕于朝,屡遭放逐,皆以作诗之故。尝作《金陵怀古》诗,白居易、元稹与韦应物均为之搁笔。因与白居易同时,号称刘白。

"山围故国周遭在,潮打空城寂寞回。淮水东边旧时月,夜深还过女墙来。"(《石头城》)

"朱雀桥边野草花,乌衣巷口夕阳斜。旧时王谢堂前燕,飞入寻常百姓家。"(《乌衣巷》)

"炀帝行宫汴水滨,数株残柳不胜春。晚来风起花如雪,飞入宫墙不见人。"(《杨柳枝词》)

刘禹锡的模仿民间歌谣的《淮阴行》《杨柳枝词》《竹枝词》《踏歌词》等,都是最好的作品,如:"杨柳青青江水平,闻郎江上踏歌声。东边日出西边雨,道是无晴却有晴?"(《竹枝词》)又如:"山桃红花满上头,蜀江春水拍山流。花红易衰似郎意,水流无限似侬愁。"(《竹枝词》)这都是很有趣的民间化的文艺,唐人诗本接近民众,所以刘禹锡信笔写来,便成绝妙白话诗。

(三)顾况。这是一位诙谐的诗人,以诗语调谑,竟遭贬逐,啸傲山林而老死。诗的才力和造诣似乎不及李益、刘禹锡。但在中唐诗坛里，他的绝句不是没有地位的。

"故园黄叶满青苔，梦后城头晓角哀。此夜断肠人不见，起行残月影徘徊。"（《听角思归》）

"五湖秋叶满行船，八月灵槎欲上天。君向长安余适越，独登秦岭望秦川。"（《送李秀才入京》）

（四）张继。张继是一位不负盛名的诗人，但他的绝句却往往有极工的。例如：

"月落乌啼霜满天，江枫渔火对愁眠。姑苏城外寒山寺，夜半钟声到客船。"（《枫桥夜泊》）

"彩楼歌馆正融融，一骑星飞锦帐空。老尽名花春不管，年年啼鸟怨东风。"（《金谷园》）

（五）韩翃。韩翃负当代的诗誉，和李益相同。曾以诗受知于德宗，一篇一咏，皆为朝野所珍。例如：

"春城无处不飞花，寒食东风御柳斜。日暮汉宫传蜡烛，轻烟散入五侯家。"（《寒食》）

"浮云不共此山齐，山霭苍苍望转迷。晓月暂飞千树里，秋河隔在数峰西。"（《宿石邑山中》）

韩翃诗有"星河秋一雁，砧杵夜千家"，一时传为名句，但韩翃的律诗的造诣实不及绝句。

（六）卢纶。卢纶不以律诗见长，而绝句颇见才气。他的五绝有《塞下曲》最好：

"鹫翎金仆姑，燕尾绣蝥弧。独立扬新令，千营共一呼。"

"林暗草惊风，将军夜引弓。平明寻白羽，没在石棱中。"

"月黑雁飞高，单于夜遁逃。欲将轻骑逐，大雪满弓刀。"

在缺乏边塞诗的中唐，这自是很可贵的。卢纶的七绝，亦有很好的，如：

"自拈群带结同心，暖处偏知香气深。爱捉狂夫问闲事，不知歌舞用黄金。"（《古艳诗》）

（七）钱起等。钱起、李端、司空曙、皇甫曾、郎士元，都是大历十才子中人。他们对于律诗方面，都是很卖气力的，但都无甚成就。《四库提要》云："大历以还，诗格初变，开宝浑厚之气渐远渐漓，风调相高，稍趋浮响，升降之关，十子实为之职志。"按大历十才子在盛唐、中唐之间，实继承盛唐诗风的转钮，关系实在很大；不过他们的气魄小，才力微，虽有浮响的趋势，但对于中唐诗风实在没有多大的影响。

这一派的诗人略如上述。往下讲韦应物一派以山水诗擅长的诗人。

（八）韦应物。要明白他的生活与嗜好，最好读他的《游西山》诗："时事方扰扰，幽赏独悠悠。弄泉朝涉涧，采石夜归州。挥翰题苍峭，下马历嵌丘。所爱惟山水，到此即淹留。"应物的政治生活无可述。他的诗歌，全属游山玩水的作品。相传他有一种洁癖，所至焚香扫地而坐，仅有顾况、刘长卿、僧皎然得与之酬唱。其诗亦如其人，闲淡简远，人比之陶潜。诗如：

"今朝郡斋冷，忽念山中客。涧底采荆薪，归来煮白石。欲持一瓢酒，远寄风雨夕。落叶满空山，何处寻行

迹?"(《寄全椒山中道士》)

"怀君属秋夜,散步咏凉天。山空松子落,幽人应未眠。"(《秋夜寄丘员外》)

"独怜幽草涧边生,上有黄鹂深树鸣。春潮带雨晚来急,野渡无人舟自横。"(《滁州西涧》)

"紫阁西边第几峰,茅斋夜雪虎行踪。遥看黛色知何处,欲出山门寻暮钟。"(《答东林道士》)

韦应物无论用古诗,用律诗,用绝句,来描写山水田园,都有很好的成功。他虽不是画家,但"春潮带雨晚来急,野渡无人舟自横",何异一幅画图?

(九)柳宗元。宗元与韦应物齐名,号称韦柳。宗元是负一代盛誉的古文家,他的山水游记最佳妙,其诗亦如其文的隽永多趣。其诗如:

"千山鸟飞绝,万径人踪灭。孤舟蓑笠翁,独钓寒江雪。"(《江雪》)

"渔翁夜傍西岩宿,晓汲清湘燃楚竹。烟销日出不见人,欸乃一声山水绿。回看天际下中流,岩上无心云相逐。"(《渔翁》)

"宦情羁思共凄凄,春半如秋意转迷。山城过雨百花尽,榕叶满庭莺乱啼。"(《柳州二月榕叶落尽偶题》)

有人说:柳宗元诗学谢灵运,这是皮相的批评。实则宗元受陶潜的影响很深,而不落其窠臼,故能保其独立的作风。

(十)李嘉祐。嘉祐是大历十才子之一,论者谓其诗丽婉,有齐梁风。他的五律和七绝都好,例如:

"傲吏身闲笑五侯,西江取竹起高楼。南风不用蒲葵扇,纱帽闲眠对水鸥。"(《寄王舍人竹楼》)
"诗思禅心共竹闲,任他流水向人间。手持如意高窗里,斜日沿江千万山。"(《题道虔上人竹房》)

李嘉祐用七绝描写山水,而得幽闲之趣,是值得赞美的。

(十一)刘长卿。长卿在当代诗名藉甚,权德舆谓为五言长城。皇甫湜亦云:"诗未有刘长卿一句,已呼宋玉为老兵。"其见重当时,有若此者。长卿虽为仕宦中人,但他功名之念很轻,尝感叹"一官成白首,万里寄沧州。久被浮名系,能无愧海鸥?"(《松江独宿》)在他的一首《偶然作》里说:"野寺长依止,田家或往还。老农开古地,夕鸟入寒山。

书剑身同废,烟霞吏共闲。岂能将白发,扶杖出人间?"因为长卿的生活性情,最富于山水田园之趣,所以他的山水田园诗,也造诣特深。

"孤云将野鹤,岂向人间住。莫买沃洲山,时人已知处。"(《送方外上人》)

"荒凉野店绝,迢递人烟远。苍苍古木中,多是隋家苑。"(《答崔载华问》)

"空洲夕烟敛,望月秋江里。历历沙上人,月中孤渡水。"(《江中对月》)

"摇落暮天迥,青枫霜叶稀。孤城向水闭,独鸟背人飞。渡口月初上,邻家渔未归。乡心正欲绝,何处捣寒衣。"(《余干旅舍》)

"汀洲无浪复无烟,楚客相思益渺然。汉口夕阳斜渡鸟,洞庭秋水远连天。孤城背岭寒吹角,独戍临江夜泊船。贾谊上书忧汉室,长沙谪去古今怜!"(《自夏口至鹦鹉洲夕望岳阳寄元中丞》)

高仲武评长卿云:"诗体虽不新奇,甚能炼饰,十首以上,语意稍同,于落句尤甚,此其短也。然'春风吴草绿,古木刹山深。明日沧州路,归云不可寻';又'沙鸥惊小吏,明月上高枝';又'细雨湿衣看不见,闲花落地听无声',截长补短,盖玉馔之类欤?"长卿诗的造诣,功力深而才气不发扬。因为功力深,故不免炼饰过度而流于纤丽;因为才气不发扬,故语气常枯窘。

由上面两派诗人的作品,可知这时期的诗歌,较第二时期的诗歌,有几点的进步。第一,前时期王昌龄、王翰辈七绝的成功,是在边塞诗;这时期李益、刘禹锡辈七绝的成功,是在普遍的资料,描写的范围是扩张了。第二,前时期王维、孟浩然辈田园诗的成功,是在五律方面;这时期韦应物、柳宗元辈田园诗的成功,无论用绝句或律句、用五言或七言来描写,结果都是圆满的,形体的范围是扩张了。第三,前时期的七言律,就成功的一方面讲,只有杜甫;这时期的七言律诗,便特别地发展,如李嘉祐、刘长卿等的律诗,都有惊人的成功,这都是很显明的新进展。

新体诗的形体与描写发展到这时期,似已走到绝路,无可再进。似只有回到复古与模拟的路上去了,恰好这时又有一班新诗人起来,将渐趋暮气的中唐诗坛,转到新的趋向去,造成诗坛的两新派。这两派的创造者,一是白居易,一是韩愈。

前面那些诗人,都可算是贵族诗人,作品绝不是代表中唐纷乱时代的文学。虽然他们偶或对于社会国家，有几句伤心诗，但只是名士们说说风凉话罢了。真正可以说是时代文学，能代表当时社会背景的，便只有白居易一派的诗。以下分别研究。

（十二）白居易。白居易诗的最大成功，简单说起来，便是一方面扫除中唐诗渐趋典雅的风格，而用白话作诗。一方面又打破中唐诗吟风弄月的描写，而以社会痛苦的题材作为资料。如《重赋》《伤宅》《伤友》《妇人苦》《卖炭翁》《母别子》《新丰折臂翁》，都是白居易试用白话描写社会悲剧的成功作品。又如《和春深》诗："何处春深好，春深贫贱家。荒凉三径草，冷落四邻花。奴困归佣力，妻愁出赁车。途穷平路险，举足剧褒斜。"这种描写是很容易动人悲愤的。白居易的描写社会疾苦，往往缠绵悱恻，说到后面，越令人伤心，如《妇人苦》的"妾身重同穴，君意轻偕老"；《母别子》的"但愿将军重立功，更有新人胜于汝"；《伤宅》的"厨有臭败肉，库有贯朽钱"；《寒食野望吟》的"冥冥重泉哭不闻，潇潇暮雨人归去"，都觉沉痛之极。又如《卖炭翁》：

"卖炭翁，伐薪烧炭南山中。满面尘灰烟火色，两鬓苍苍十指黑。卖炭得钱何所营，身上衣服口中食。可怜身上衣正单,心忧炭贱愿天寒。夜来城外一尺雪,晓驾炭车辗冰辙。牛困人饥日已高,市南门外泥中歇。翩翩两骑来是谁,黄衣使者白衫儿。手把文书口称敕,回车叱牛牵向北。一车炭,千余斤,宫使驱将惜不得。半匹红绡一丈绫,系向牛头充炭直。"

这首诗和《新丰折臂翁》描写得一般沉痛。杜甫以后,到白居易才有这种描写。白居易自己评他这种诗"意激而言质",是实在话。不过,居易诗亦有一种小缺点,却有爱发议论,减掉叙事诗客观的动人力。例如《伤宅》诗,说到"厨有臭败肉,库有贯朽钱",已到最高点,接着他却说一段劝告议论的话来结束,以不违风人之旨,便坏了。但这亦无损于他的伟大,他那种大魄力的描写,如《长恨歌》《琵琶行》都是有永远价值的长篇杰作,所谓"人珠小珠落玉盘",可算是居易诗最确切的批评。

（十三）元稹。稹与白居易同时,酬唱之作极多,作风亦颇相似,时人号称元白。他的《长庆集序》云:"二十年间,禁省观寺邮候墙壁之上无不书,王公妾妇牛童马走之口无不道。至于缮写模勒,衔卖于市井,或持之以交酒茗者,处处皆是。"可想见其流传之广。稹的诗亦有气魄很大的,如《连昌宫辞》，洪容斋语，便说它的价值在白居易《长恨歌》之上。但由表现社会的痛苦方面看，元稹实不及白居易的成功。如他的《旱灾自咎，贻七县宰》："臣稹苟有罪，胡不灾我身。胡为旱一州，祸此千万人。"用这种官僚态度来描写平民痛苦，怎能深刻入微？他虽偶然有几句沉痛语，如"……送夫之妇又行哭，哭声送死非送行。夫远征，远征不必戍长城，出门便不知死生！"（《夫远征》）但是这样作品是很少的。他大部分的诗，都是追求享乐，如《会真诗三十韵》："……因游洛城北，偶向宋家东。戏调初微拒，柔情已暗通。低鬟蝉影动，回步玉尘蒙。转面流花雪，登床抱绮丛。鸳鸯交颈舞，翡翠合欢笼。眉黛羞频聚，朱唇暖更融。气清兰蕊馥，肤润玉肌丰。无力慵移腕，多娇爱敛躬。汗光珠点点，发乱绿松松。方喜千年会，俄闻五夜穷。留连时有限，缱绻意难终……"这是何等的妖艳！晚唐诗的纤丽，元稹已为先驱。这就是元、白不同之点。和元、白诗的风格接近的，尚有杨巨源、李绅、殷尧藩辈，都有相当的成就与地位。

同时和元、白的诗风，全然相反，舍弃一切平庸的描写，而造成特异的传奇作风的，便是韩愈、李贺、孟郊、贾岛、卢仝、刘义一派。

（十四）韩愈。韩愈是文章家而兼诗人。他的文章主复古；他的诗歌则主创新。叶燮云："韩愈为唐诗之一大变，其力大，其思雄，崛起特为鼻祖，宋之苏、梅、欧、苏、王、黄，皆愈为之发端。"无论我们赞许或反对韩愈的诗，其创新的事实，是不能否认的。其诗如《石鼓歌》《此日足可惜》《寄卢仝》《醉留东野》《八月十五夜赠张功曹》，都是排空而来，气魄沉雄，不可向迩。且举两首《汴州乱》为例：

"汴州城门朝不开，天狗堕地声如雷。健儿争夸杀留后，连屋累栋烧成灰。诸侯咫尺不能救，孤士何者自兴哀！"

"母从子走者为谁，大夫夫人留后儿。昨日乘车骑大马，坐者起趋乘者下。庙堂不肯用干戈，呜呼奈汝母子何！"

韩愈的诗都是忽然说起，如天外飞来，在短篇里，仿佛有许多话要说，却又说不尽，忽然地收束。在长篇里，胡说乱道，越说越多，却越有话说。《瓯北诗话》云："昌黎本色，仍在文从字顺中，自然雄厚博大，不可捉摸；不专以奇险见长。"《艺概》云："昌黎诗往往以丑为美。"平心而论，"雄厚博大"与"以丑为美"，韩愈的诗实兼而有之。

（十五）李贺。这是一位很奇僻的诗人。虽是唐宗室，但家道中落了。他一生坎坷不遇，年仅二十七岁。才人命薄，在唐诗人中，要算他最堪悲悯了。他有《南园》诗："寻章摘句老雕虫，晓月当帘挂玉弓。不见年年辽海上，文章何处哭秋风。"最足以表现他的生活。他的诗没有一首不显示特殊风格：

"黑云压城城欲摧，甲光向日金鳞开。角声满天秋色里，塞上胭脂凝夜紫。半卷红旗临易水，霜重鼓寒声不起。报君黄金台上意，提携玉龙为君死。"（《雁门太守行》）

"琉璃钟，琥珀浓，小槽酒滴真珠红。烹龙炮凤玉脂泣，罗帏绣幕围春风。吹龙笛，击鼍鼓；皓齿歌，细腰舞。况是青春日将暮，桃花乱落如红雨。劝君终日酩酊醉，酒不到刘伶坟上土。"（《将进酒》）

"长卿牢落悲空舍，曼倩诙谐取自容。见买若耶溪水剑，明朝归去事猿公。"（《南园》）

李贺诗无论用一个小小的字眼，或是全篇的结构，一切都很离奇，全不像其他的诗人，亦不是韩愈那样的奇僻。他的作风,固然不能说是纤巧,不能说是曼艳;亦不能说是悲壮,不能说是雄浑,不能说是典雅。总之,一切从前美丽的评语,曾经用来赞美诗人的,没有一个评语适宜于李贺。无以名之,乃称为"鬼才"。传说李贺每天骑驴出游,从一小奚奴,背古锦囊。遇所得,书投囊中。大约李贺以特殊的性灵与情感,不因袭古人,而直接与自然相契合,由苦吟以得之,是以造成一种独立的、创造的新作风。

(十六)孟郊。孟郊是韩愈最赏识的诗人,与贾岛并称,但后人皆以为贾不及孟。《养一斋诗话》和《岘佣说诗》,都这样说。其诗中描写寒苦最工,有诗"食荠肠亦苦,强歌声无欢。出门即有碍,谁谓天地宽"。非备尝寒苦生活者,实不能道。他的白话小诗也有很好的:

"试妾与君泪,两处滴池水。看取芙蓉花,今年为谁死。"(《怨诗》)

"欲别牵郎衣,郎今到何处?不恨归来迟,莫向临邛去!"(《古别离》)

"望夫石,夫不来兮江水碧。行人悠悠朝与暮,千年万年色如故。"(《望夫石》)

孟郊的这种小诗,清新可读,已经不是韩愈、李贺那样的奇僻了。

(十七)贾岛。韩愈诗有云:"孟郊死葬北邙山,从此风云得暂闲。天恐文章浑断绝,更生贾岛着人间。"可见贾岛诗的被人重视。岛诗大都苦而吟成,尝作"独行潭底影,数息树边身",自谓"二句三年得,一吟双泪流。知音如不赏,归卧故山秋"。这可见其苦吟之深。贾岛的好诗,例如:

"闲居少邻并,草径入荒园。鸟宿池边树,僧敲月下门。过桥分野色,移石动云根。暂去还来此,幽期不负言。"(《题李凝幽居》)

"松下问童子,言师采药去。只在此山中,云深不知处。"(《寻隐者不遇》)

(十八)卢仝。卢仝亦是韩愈极赏识的人,但他的好诗很少,除一味怪僻以外,如《喜逢郑三游山》:"相逢之处花茸茸,石壁攒峰千万重。他日期君何处好,寒流石上一株松。"绝句原属很平易的,这倒变成僻峭奇险了。他的代表作有《月蚀诗》《与马异结交诗》《有所思》《楼上女儿曲》等篇。比较近于平易的,如:

"饥拾松花渴饮泉,偶从山后到山前。阳坡软草厚如织,困与鹿麇相伴眠。"(《山中》)

隶属于第三时期的诗人,尚有张仲素、皇甫冉、戎昱、李涉、刘方平、冷朝阳、严维、姚合、刘乂等,都是负有名气的作家,今不细说了。

第六章　唐诗的第四时期

（开成初至天佑三年，凡七十余年）

唐诗经盛唐、中唐长时期的尽量发展，到白居易，乃一变为通俗的作风。韩愈又一变为奇险。到第四时期的唐诗坛，便全为唯美主义所支配。技巧和工丽，乃成晚唐诗人的信条。叶燮云："论者谓晚唐之诗，其音衰飒。然衰飒之论，晚唐不辞；若以衰飒为贬，晚唐不受也。……盛唐之诗，春花也，桃李之秾华，牡丹芍药之妍艳，其品华美贵重，略无寒瘦俭薄之态，固足美也。晚唐之诗，秋花也，江上之芙蓉，篱边之丛菊，极幽艳晚香之韵，可不为美乎？"这实在是很难得的精辟见解。我们至少应该承认技巧与工丽，是晚唐诗的最大进步。

在未叙述这时期的诗歌之先，应该提及两个对于晚唐诗关系最深的诗人，便是张籍和王建。他俩虽是中唐诗人，实启晚唐的诗风。我们都知道张籍和韩愈是朋友，但张籍的作风，却全无韩愈一派的怪僻，又非白居易一派的通俗，他是以乐府诗著名的。他的乐府却并不是古意，而是一种新声。姚合《赠张籍》云："绝妙《江南曲》，凄凉怨女诗。古风无手敌，新语是人知。"寓新语于古风，是籍诗的特色，如《节妇吟》：

"君知妾有夫，赠妾双明珠。感君缠绵意，系在红罗襦。妾家高楼连苑起，良人执戟明光里。知君用心如日月，事夫誓拟同生死。还君明珠双泪垂，何不相逢未嫁时！"

在张籍的新体诗里面，更有一种活泼气象，如《春别曲》《春堤曲》《宫词》等，没有了高旷的意境，却更加妩媚，更加有情韵。王建是以《宫词》得名的，他的这种诗格已失却中唐诗的情调，显是晚唐诗风的开端。例如：

"万里桥边女校书，枇杷花巷闭门居。扫眉才子如今少，管领春风总不如。"（《寄蜀中薛涛校书》）

这已不是李益、刘禹锡等的诗风，而是晚唐杜牧、李商隐等的先驱。原来韩愈和白居易的特殊奇僻和浅易的诗格，已将中唐诗送到绝境，所以他们一派的诗都是及身而衰。同时代的张籍、王建，即已矫正奇僻和浅易的诗风。到晚唐便进一步，而采用极端的唯美主义了。

晚唐诗最值得赞美的，是七言绝诗。王世懋《艺圃撷余》云："晚唐诗萎尔无足言，独七言绝句脍炙人口，其妙至欲胜盛唐。"在卑视晚唐诗者的言论中，居然赞许晚唐的七绝，可见晚唐七绝是怎样的成功了。

杜牧和李商隐是晚唐七绝的两位最大作家。

杜牧对于诗崇尚李、杜，而谓元白为"纤艳不逞"。其实杜牧诗虽拟于杜甫，然其冶荡实甚于元、白，如《张好好诗》及《遣怀》诗中的"十年一觉扬州梦，赢得青楼薄幸名"。元、白还没有这样风流的诗。杜牧的行为很不自检束，大约他作诗的成功，或者就是由于此。例如：

"青山隐隐水迢迢，秋尽江南草未凋。二十四桥明月夜，玉人何处教吹箫？"（《寄扬州韩绰判官》）

"折戟沉沙铁未销，自将磨洗认前朝。东风不与周郎便，铜雀春深锁二乔。"（《赤壁》）

"烟笼寒水月笼沙，夜泊秦淮近酒家。商女不知亡国恨，隔江犹唱后庭花。"（《泊秦淮》）

"千里莺啼绿映红,水村山郭酒旗风。南朝四百八十寺,多少楼台烟雨中?"(《江南春》)

李商隐的七绝,都是注重于"技巧"与"工丽"方面。例如:

"非关宋玉有微辞,却是襄王梦觉迟。一自高唐赋成后,楚天云雨尽堪疑。"(《有感》)

"为有云屏无限娇,凤城寒尽怕春宵。无端嫁得金龟婿,辜负香衾事早朝。"(《为有》)

"一笑相倾国便亡,何劳荆棘始堪伤。小怜玉体横陈夜,已报周师入晋阳。"

"巧笑知堪敌万几,倾城最在著戎衣。晋阳已陷休回顾,更请君王猎一围。"(《北齐》)

商隐不仅以七绝胜,律诗造诣亦深。这是杜牧不及商隐之处。但他的律诗往往因修饰过度,失掉自然的美,甚至变成晦涩难懂。如《锦瑟》诗:

"锦瑟无端五十弦,一弦一柱思华年。庄生晓梦迷蝴蝶，望帝春心托杜鹃。沧海月明珠有泪，蓝田日暖玉生烟。此情可待成追忆，只是当时已惘然！"

元好问评云："诗家总爱西昆好，只恨无人作郑笺。"语虽刻薄，要亦写实。王安石谓李商隐为得老杜藩篱唯一的诗人（《蔡宽夫诗话引》）；许彦周则称其近体诗："字字锻炼，用事婉约。"（《彦周诗话》）叶燮云："李商隐七绝，寄托深而措辞婉，实可空百代，无其匹也。"（《原诗》）虽然这种议论，未免过分，然李商隐不能不算是晚唐第一大诗人。

诗名略次于李商隐的晚唐诗人，有司空图、皮日休、韩偓、张祜、许浑、李群玉、陆龟蒙、罗隐、李频、温庭筠、韦庄等。

司空图学诗于张籍，其七绝颇自负。皮日休的诗无甚特色。韩偓的诗颇好。如"雨后碧苔院，霜来红叶楼。闲阶上斜日，鹦鹉伴人愁。"（《效崔国辅体》）清韵可诵。《四库全书提要》称其"诗虽局于风气，浑厚不及前人，而忠愤之气，时时溢于语外。性情既挚，风骨自遒，慷慨激昂，迥异当时靡靡之音"。张祜诗以"故国三千里，深宫二十年。一声河满子，双泪落君前"，最负盛名。祜的好诗很多，如《金殿乐》《戒浑》《莫愁乐》《苏小小歌》等都是。今再举一首《长门怨》作例："日映宫墙柳色寒，笙歌遥指碧云端。珠铅滴尽无心语，强把花枝冷笑看。"许浑七绝有极佳者，如《谢亭送别》："劳歌一曲解行舟，红叶青山水急流。日暮酒醒人已远，满天风雨下西楼。"这样的杰作，不仅在他集中绝少，在晚唐亦属稀罕。他的七律亦佳。李群玉为人放诞风流，其诗亦然，如《湘妃庙》《赠妓人》《宿巫山庙》《戏赠魏十四》都是很曼艳的，其《黄陵庙》云："小姑洲北浦云边，二女啼妆自俨然。野庙向江春寂寂，古碑无字草芊芊。风回日暮吹芳芷，月落山深哭杜鹃。犹似含颦望巡狩，九疑如黛隔湘川。"陆龟蒙亦以七绝胜，其《冬柳》诗云："柳汀斜对野人窗，零落衰条傍晓江。正是霜风飘断处，寒鸥惊起一双双。"颇具幽逸之致，为晚唐诸诗人所不及。罗隐诗以讽刺为主，其七绝如《题新榜》云："黄土原边狡兔肥，犬如流电马如飞。灞陵老将无功业，犹忆当时夜猎归。"颇有悲壮之气。李频亦以七绝胜，如《吴门别主人》："早晚更看吴苑月，小斋长忆落西窗。不知明夜谁家见，应照离人隔楚江。"温庭筠诗名与李商隐同，但他的诗实远不如李商隐。这时词已兴起，大家都向这种新文体努力去了。如温庭筠、韦庄便是尽力于填词而很成功的。到晚唐时，唐诗发展到极处，亦就是发展到绝处。稍有才气的文人，便转向词的方面，去求新创造、新发展了。

唐灭亡时，新体诗发展力已尽，亦跟随灭亡了。

第七章　唐代妇女的诗

唐朝君主竭力奖励诗人，并以诗赋试进士，于是造成唐代贵族诗人的发达。因为唐代的新体诗能够入乐，歌伎能唱，因此秦楼楚馆，笙歌作乐，莫非当时的诗人名篇。而一般诗人为适应这种情形起见，乃易其古典的诗而为浅近的诗。一般伶人妓女，因能了解歌诗内容和接近诗人之故，自然很易学作浅易的诗。这种风气，渐向民间发展，于是平民都熏染这种风气，而能作诗。甚至于僧侣道士，贩夫走卒，都能作诗了。因此，唐诗已经不是贵族诗人的专利品，渐从上层阶级发展到下层阶级去了。

我们读过上面那些诗人的诗，往往觉得总是古典气太重，贵族气太重，他们虽力求通俗化，但总不能完全自然，不能表现最强烈的平民意识，不能表现最活跃的女性心理。李白、王昌龄、张籍的闺情宫怨，无论怎样写得真切活跃，总不如真正平民妇女们的作品，能够使人读了有更真挚而深刻的感动。这因为作者自己心里发出的实感，是贵族诗人所没有的。

在本章里，专门叙述唐代妇女所作的诗。为便利起见，分作四类。

（一）宫人的诗；

（二）闺人的诗；

（三）诗人的诗；

（四）妓女的诗。

（一）宫人的诗。在唐宫里，武、韦二后都很嗜好文学，而提倡文学亦最力。但她们的诗，往往是他人代作，并非自制，故无足述。江妃因失宠，贬入冷宫，有一首极哀伤的《谢赐珍珠》诗：

"桂叶双眉久不描，残妆和泪污红绡。长门尽日无梳洗，何必珍珠慰寂寥！"

这样的宫怨诗，在宫人里，颇属不少。《全唐诗话》载："开元中赐边军纩衣，制自宫人。有兵士于袍中得诗曰：'沙场征戍客，寒苦若为眠。战袍经手作，知落阿谁边？蓄意多添线，含情更著绵。今生已过也，重结后生缘。'兵士以诗白帅，帅上之朝，明皇以诗遍示六宫曰：'作者勿隐，不汝罪也。'有一宫人，自言万死。上深悯之，遂以嫁得诗者。谓曰：'吾与汝结今生缘。'边人感泣！"僖宗宫人亦有一首同样的诗："玉烛制袍夜，金刀呵手裁。锁寄千里客，锁心总不开！"（《金锁诗》）

此外最足以表现宫怨的便是红叶题诗。关于红叶题诗，唐宫人里有三段有趣的故事：

"天宝末，洛苑宫娥题诗梧叶，（其诗云：'旧宠悲秋扇，新恩寄早春。聊题一片叶，将寄接流人。'）随御沟流出。顾况见之，亦题诗叶上，泛于波中。后十余日，于叶上又得诗一首。后闻于朝，遂得遣出。"

"贞元中，进士贾全虚于御沟得一花叶，上有诗句。（其诗云：'一入深宫里，无由得见春。题诗花叶上，寄与接流人。'）悲想其人，徘徊沟上，为街吏所获。金吾奏其事。德宗询之，知为凤儿所作。因召全虚，授金吾卫兵曹，遂以妻之。"

"卢偓应举时，偶临御沟，得一红叶，上有绝句，置于巾箱。（其诗云：'流水何太急，深宫尽日闲。殷勤谢红叶，好去到人间。'）及出宫人，偓得韩氏，睹红叶，

吁嗟久之，曰：当时偶题，不谓郎君得之。"（以上举例悉见《全唐诗》）

这几首诗的内容和背景，大致相同，可见她们感受同样的哀伤。不过，既入宫门，必须借制征衣和红叶题诗，始能将哀怨传出，其余不能传到外面而湮没的诗，更不知多少了。

（二）闺人的诗。闺人的诗以闺怨为多。昔时妇女，不以玩弄文墨为美事。必至积哀聚怨，情不能自已，始宣泄出来。例如薛韫的《赠故人》：

"昔别容如玉，今来鬓若丝。泪痕应共见，肠断阿谁知。"

陈玉兰的《寄夫》：

"夫戍边关妾在吴，西风吹妾妾忧夫。一行书信千行泪，寒到君边衣到无？"

描写闺怨最特别的是崔氏的《述怀》，朴实而有情趣：

"不怨卢郎年纪大,不怨卢郎官职卑。自恨妾身生较晚,不及卢郎少年时。"

崔氏女莺莺,工诗,其赠张生数诗云:

"待月西厢下,迎风户半开。拂墙花影动,疑是玉人来。"(《答张生》)

"自从销瘦减容光,万转千回懒下床。不为傍人羞不起,为郎憔悴却羞郎。"(《寄诗》)

"弃置今何道,当时且自亲。还将旧来意,怜取眼前人。"(《告绝诗》)

前者曼艳,后者凄绝。同时,又有张窈窕与刘媛,虽非宫娥,善作宫怨。窈窕的《寄故人》:

"淡淡春风花落时,不堪愁望更相思。无金可买《长门赋》,有恨空吟《团扇诗》。"

刘媛的《长门怨》:

> "学画蛾眉独出群,当时人道便承恩。经年不见君王面,花落黄昏空掩门。"

唐代妇女的诗,最大缺点在无高旷的境界,易流于浅俗。然偶有不犯此病的,例如湘驿女子《题玉泉溪》诗云:

> "红叶醉秋色,碧溪弹夜弦。佳期不可再,风雨杳如年。"

(三)诗人的诗。在许多唐代妇女作者中,能够树立独特作风,而被称为诗人的,只有鱼玄机和薛涛。

鱼玄机初为李亿妾,以色衰爱弛,流为女冠,故其诗多愁怨。所吟"易求无价宝,难得有心郎。枕上潜垂泪,花间暗断肠"是何等的哀怨。诗如:

> "翠色连荒岸,烟姿入远楼。影铺秋水面,花落钓人头。根老藏鱼窟,枝低系客舟。萧萧风雨夜,惊梦复添愁。"(《江边柳》)

> "大江横抱武昌斜,鹦鹉洲前户万家。画舸春眠朝未足,梦为蝴蝶也寻花。"(《江行》)

鱼玄机：

"无限荷香染暑衣，阮郎何处弄船归。自惭不及鸳鸯侣，犹得双双近钓矶。"（《闻李端公垂钓回寄赠》）

在唐代女诗人中，鱼玄机的境遇是最堪悲悯的。她的诗仅一卷，但没有一首不可读的。

但是，单就诗的成就说，鱼玄机还不及薛涛。

薛涛以良家子沦为歌伎，受知于当道，出入幕府，历事十一镇。晚年居浣花溪畔，著女冠服，制松花小笺，以应酬唱。她的生活，可以说是艺术化。她的诗的造诣，不在内容的完成，而在技巧的熟练。只有《罚赴边有怀上韦令公二首》是描写边疆生活之苦，在薛涛诗中颇具特殊的风味：

"闻道边城苦，今来到始知。羞将门下曲，唱与陇头儿。"

"黠虏犹违命，烽烟直北愁。却教严谴妾，不敢向松州。"

薛涛与当代名人文士,酬唱极多,尤其是刘宾客、白居易、元稹等,大约薛涛很受他们的影响,其作风完全成诗人的作风。如:

"水国蒹葭夜有霜,月寒山色共苍苍。谁言千里自今夕,离梦杳如关塞长。"(《送友人》)

"公子翩翩说校书,玉弓金勒紫绡裾。玄成莫便骄名誉,文采风流定不如。"(《赠段校书》)

虽然薛涛的诗表现技巧的成功,但失却一般妓女们作诗那种爽直的表情,不能不说是薛涛诗的一种大损失。

(四)妓女的诗。妓女诗的特色,是在有最丰富的情感,而很爽直地表现出来,要怎样说便怎样说,绝不曲折转弯,如六朝时代的歌谣一样。例如越州妓刘采春的《啰唝曲》:

"不喜秦淮水,生憎江上船。载儿夫婿去,经岁又经年。"

"莫作商人妇,金钗当卜钱。朝朝江口望,错认几人船。"

"那年离别日,只道住桐庐。桐庐人不见,今得广州书。"

在唐人诗里面,实在不容易找着这样直爽的情诗。如徐州妓关盼盼,空守燕子楼十余年,终于殉情而死,但她的诗已经没有那般爽快的表情了:

"北邙松柏锁愁烟,燕子楼空思悄然。自埋剑履歌尘散,红袖香销已十年。"(《燕子楼》)

有武昌妓者,亦能诗,其《续韦蟾句》云:

"悲莫悲兮生别离,登山临水送将归。武昌无限新栽柳,不见杨花扑面飞!"

信口道出,宛若天然,亦唐妓诗中的佳者。此外如襄阳妓、太原妓、平康妓、莲花妓、徐月英、常浩、王福娘均有诗名。虽她们留传的诗,不顶值得称赞,但我们想象得到,在唐代妓女中,一定还有不少的好诗失传了,这是很可惜的。

第八章　附录　唐代诗人小传

唐诗作家二千余人，其生平行事可考者不多。本书根据《全唐诗》，著录重要作家六百数十人，载其姓氏爵里，以备检阅。

陈叔达　字子聪，陈宣帝之第十六子。少有才华，十余岁侍宴赋诗十韵，援笔立就。在陈封义阳王。入隋为绛郡通守。归唐授丞相府主簿，进黄门侍郎，并纳言，封江国公。贞观中拜礼部尚书。集十五卷。《全唐诗》录存诗九首。

袁朗　雍州长安人。在陈释褐秘书郎，为江总所重。勤学好属文，尝制千字诗。后主召入禁中，使为《月赋》，染翰立成。迁太子洗马。仕隋为仪曹郎。入唐授齐王文学，转给事中。贞观初年卒。集十四卷。《全唐诗》录存诗四首。

魏徵　字玄成。魏州曲城人。生于周大象二年。少落魄，有大志。初为太子洗马。太宗即位，拜谏议大夫秘书监，晋检校侍中，封郑国公，赠司空。卒于贞观十七年。集二十卷。《全唐诗》录存诗一卷。

褚亮　字希明。杭州钱塘人。博览，工属文。太宗为秦王时，以亮为王府文学。贞观中，累迁散骑常侍，封阳翟县侯。《全唐诗》录存诗一卷。

于志宁　字仲谧，高陵人。隋末有名；从太宗，为天策府从事中郎，兼文学馆学士；加散骑常侍，为太子詹事，数有规谏；高宗朝，拜尚书左仆射，兼太子少师。集四十卷。《全唐诗》录存诗一首。

令狐德棻　宜州华原人。高祖入关，引直记室，转起居舍人，迁秘书丞，与侍中陈叔达等奉诏撰《艺文类聚》，并修《周史》。贞观中累官礼部侍郎国子祭酒兼崇贤馆学士。集三十卷。《全唐诗》录存诗一首。

岑文本　字景仁。邓州人。博综经史，善属文。贞观初，除秘书郎，晋中书侍郎。与令狐德棻撰《周史》，史论多出其手。史成封江陵县子，后拜中书令。集六十卷。《全唐诗》录存诗四首。

褚遂良　字登善，亮子。博涉文史，尤工隶书。贞观中，起居郎，召令侍书，迁谏议大夫，累官黄门侍郎，晋中书令；永徽初，出为同州刺史，征拜吏部尚书，进尚书右仆射；

以谏立武昭仪贬卒。集二十卷。《全唐诗》录存诗一首。

刘孝孙 荆州人。弱冠知名,与虞世南等,登临山水,结为文会。武德初历虞州录事参军,补文学馆学士。贞观中,迁太子洗马。撰《古今诗苑》四十卷。集三十卷。《全唐诗》录存诗七首。

杨师道 字景猷。华阴人。隋宗室也。清警有才思。入唐封安德郡公。贞观中,拜侍中,迁中书令。师道善草隶,工诗,每有吟咏,如宿构者。集十卷。《全唐诗》录存诗一卷。

许敬宗 字延族,杭州新城人。初为李密记室。入唐为著作郎。高宗时,擢礼部尚书,历侍中中书令。集八十卷。《全唐诗》录存诗二十七首。

李义府 瀛州饶阳人。太宗时为监察御史,高宗嗣位,迁中书舍人,以赞立武昭仪,擢中书侍郎,晋中书令。后以罪长流巂州。其文翰颇见称于时。《全唐诗》录存诗八首。

虞世南 字伯施。余姚人。好学精思,文章婉缛,见称于徐陵。在隋官秘书郎。入唐为秦府记室参军。太宗即位,历弘文馆学士秘书监,为一代名臣。集三十卷。《全唐诗》录存诗一卷。

王绩 字无功,绛州龙门人。隋授秘书省正字。不乐在朝,求为六合丞,嗜酒不任事,寻还乡里。唐武德初,以前官待诏门下省。后弃官归东皋著书,号东皋子。集五卷。《全唐诗》录存诗一卷。

郑世翼　荥阳人。弱冠有盛名。武德中历万年丞,扬州录事参军。贞观中,坐怨谤,流嶲州。《全唐诗》录存诗五首。

孔绍安　越州山阴人。少诵古文集数十万言,外兄虞世南叹异之。与词人孙万寿笃忘年好,时人称为孙孔。隋末为监察御史,归唐拜内史舍人,恩礼甚厚。有文集五十卷。《全唐诗》录存诗七首。

王宏　济南人。与太宗同学。及帝即位,访之,竟隐去。《全唐诗》录存诗一首。

张文收　贝州人。善音律。贞观初,授协律郎。咸宁中迁太子率更令。撰《新乐书》十二卷。《全唐诗》录存诗一首。

陈子良　吴人。在隋时,为杨素记室。入唐,官右卫率府长史。集十卷。《全唐诗》录存诗十三首。

庾抱　润州江宁人。隋元德太子学士。高祖初起,隐太子引为陇西公府记室,文檄皆出其手。转太子舍人。集十卷。《全唐诗》录存诗五首。

马周　字宾王,清河茌平人。以中郎将常何荐,授监察御史,累迁中书令。集十卷。《全唐诗》录存诗一首。

欧阳询　字信本,潭州临湘人。博贯经史。工书。仕隋,为太常博士。高祖即位,官给事中。武德中,预撰《艺文类聚》。贞观初,官至太子率更令。《全唐诗》录存诗一首。

阎立本　雍州万年人。显庆中累官将作大匠,代兄立德为工部尚书总章。初迁右相,后改中书令。立本善图画,工于写真,十八学士图及凌烟阁功臣图,皆其手笔。《全唐诗》录存诗一首。

张文琮　贝州人。高宗相文瓘之弟。好自写书,笔不释手。贞观中,为侍书御史,迁亳州刺史。永徽中,拜户部侍郎,出为建州刺史。集二十卷。《全唐诗》录存诗六首。

上官仪　字游韶。陕州陕人。贞观初,擢进士第,召授弘文馆直学士,迁秘书郎。高宗即位,为秘书少监,进西台侍郎。麟德初,坐梁王忠事,下狱死。仪工诗,其词绮错婉媚,人多效之。集三十卷。《全唐诗》录存诗一卷。

卢照邻　字升之。范阳人。初任邓王府典签。调新都尉。染风疾去官,后不胜其苦,自投颍水死,年四十。有集二十卷,又《幽忧子》三卷。《全唐诗》录存诗二卷。

李百药　字重规。定州安平人。七岁能属文。隋时袭父德林爵,为太子通事舍人。入唐,太宗拜为中书舍人,授太子右庶子。百药工诗,尤长五言。《全唐诗》录存诗一卷。

刘祎之　字希美。常州晋陵人。少以文藻知名。上元中为左史弘文馆直学士。则天时拜中书侍郎，同中书门下三品。垂拱中赐死。集七十卷。《全唐诗》录存诗五首。

元万顷　洛阳人。后魏景穆皇帝之裔。起家通事舍人。因从李勣征高丽，作檄文失体，坐流岭外。遇赦还为北门学士。则天时迁凤阁侍郎，坐与徐敬业兄弟友善，贬死。《全唐诗》录存诗四首。

任希古　字敬臣。棣州人。举孝廉，虞世南器之。永徽初，与郭正一、崔融等同为薛元超所荐，终太子舍人。《全唐诗》录存诗六首。

薛眘惑　善投壶，百发百中，时推为绝艺。《全唐诗》录存诗一首。

狄仁杰　字怀英，并州太原人。举明经，武后时，历官侍御史，冬官侍郎充江南巡抚使，地官侍郎判尚书同凤阁鸾台平章事；后为河北道元帅，还授内史卒。睿宗时，追封梁国公。《全唐诗》录存诗一首。

韦承庆　字延休。郑州阳武人。举进士，官太子司议。累迁凤阁侍郎。神龙初，坐附张易之流岭表。起为秘书少监授黄门侍郎，未几卒。集六十卷。《全唐诗》录存诗七首。

崔日用　滑州临昌人。进士。宗楚客荐擢新丰尉，骤迁兵部侍郎。预讨韦庶人谋。开元中，拜吏部尚书。终并州大都督长史。《全唐诗》录存诗九首。

宗楚客　字子敖。蒲州河东人。则天从父姊之子。累官夏官侍郎。武三思引为兵部尚书，同知政事，拜中书令。后伏诛。《全唐诗》录存诗六首。

苏瑰　字昌容。京兆武功人。弱冠举进士。初授豫王府录事参军。累迁扬州大都督长史。入为尚书右丞。再迁户部尚书。加侍中。充西京留守。拜尚书左仆射。同中书门下三品。进封许国公。睿宗立，转左仆射。集十卷。《全唐诗》录存诗二首。

张九龄　字子寿，韶州曲江人。七岁知属文。擢进士。调校书郎。迁左拾遗。累官中书侍郎，同平章事。迁中书令。为李林甫所忮，贬荆州长史。九龄风度蕴藉。惟文史自娱。有集二十卷。《全唐诗》录存诗三卷。

杨炯　华阴人。幼聪敏博学，善属文。年十一，举神童。授校书郎，为崇文馆学士。武后时，迁盈川令，卒于官。张说称其文"思如悬河注水，酌之不竭"。有《盈川集》三十卷。《全唐诗》录存诗一卷。

宋之问　一名少连，字延清。虢州弘农人。弱冠知名。初与杨炯分直内教。附武三思，累官考功员外郎。选修文馆学士。转越州长史。睿宗即位，徙钦州，寻赐死。集十卷。《全唐诗》录存诗三卷。

崔湜　字澄澜。定州人。擢进士第。累转左补阙。附武三思、上官昭容，骤迁中书舍人兵部侍郎，拜中书侍郎，同中书门下平章事。预太平公主谋，玄宗立，赐死。《全唐诗》录存诗三十八首。

崔液　字润甫。湜之弟。擢进士，官至殿中侍御史。液工五言诗。集十卷。《全唐诗》录存诗十二首。

王勃　字子安。绛州龙门人。六岁善文辞。未冠应举及第，授朝散郎。沛王闻其名，召署府修撰。后补虢州参军，坐事除名。父福畤，坐贬交趾令。勃往省，渡海溺水悸而卒。年二十八。有集三十卷。《全唐诗》录存诗二卷。

李峤　字巨山。赵州赞皇人。弱冠擢进士第。武后时，官凤阁舍人，每有大手笔，特命峤为之。景龙中，以特进守兵部尚书，同中书门下三品。玄宗立，贬死。集五十卷。《全唐诗》录存诗五卷。

杜审言　字必简。襄阳人。善五言诗。工书翰。擢进士第。累官膳部员外郎。坐交张易之，流峰州。寻入为国子监主簿修文馆直学士。有文集十卷。《全唐诗》录存诗一卷。

董思恭　苏州吴人。高宗时，官中书舍人。初为右史，后知考功。坐事流死岭表。所著篇咏，为时所重。《全唐诗》录存诗十九首。

刘允济　洛州巩人。少与王勃齐名。举本州进士，累除著作佐郎。累官凤阁舍人。坐二张昵狎贬。后为修文馆学士。有集十卷。《全唐诗》录存诗四首。

姚崇　初名元崇，又名元之。陕州人。武后时，拜夏官侍郎。睿宗立，进中书令，以言事贬。玄宗朝拜兵部尚书，知政事。集十卷。《全唐诗》录存诗六首。

宋璟　邢州南和人。登进士第。则天高其才，神龙初，拜黄门侍郎。玄宗时，拜尚书，兼侍中。后以右丞相致仕。璟耿介有大节，为一朝名相。屡被贬黜，不改其操。集十卷。《全唐诗》录存诗六首。

苏味道　赵州栾城人。与里人李峤俱以文翰显，时人谓之苏李。弱冠擢进士第。武后时居相位。神龙初，坐张易之党贬。还为益州长史卒。集十五卷。《全唐诗》录存诗一卷。

郭震　字元振，魏州贵乡人，以字显。少有大志，十八举进士，为通泉尉。任侠使气，不矜细行。武后奇其才，擢用。景云中，进同中书门下三品。开元间，病卒。集二十卷。《全唐诗》录存诗一卷。

王无竞　字仲烈，东莱人。气豪纵举，下笔成章。初授县尉，累迁殿中御史。神龙初，出为苏州司马。后坐交张易之等，再贬岭南。《全唐诗》录存诗五首。

贾曾　河南洛阳人。以孝闻。明皇在东宫，盛择宫寮，以曾为太子舍人。拜谏议大夫。开元中复拜中书，掌制诰。与苏晋同职，时号苏贾。《全唐诗》录存诗五首。

崔融　字安成。齐州全节人。擢八科高第。补宫门丞。迁崇文馆学士。长安中，授著作佐郎。迁右史。进凤阁舍人。坐附张易之兄弟，贬袁州刺史。寻召拜国子司业。融为文，华婉典丽。文集六十卷。《全唐诗》录存诗一卷。

阎朝隐　字友倩，赵州栾城人。性滑稽，属辞奇诡，为武后所赏。累迁号事中。圣历中，坐附张易之，徙岭外。景龙时，还为著作郎。后贬通州别驾。《全唐诗》录存诗十三首。

韦元旦　京兆万年人。擢进士第。补东阿尉，迁左台监察御史。与张易之为姻属，易之败，贬感义尉。后复晋用，终中书舍人。《全唐诗》录存诗十首。

李适　字子至。京兆万年人。擢进士第。调猗氏尉。武后时，迁户部员外郎，兼修书学士。景龙初，擢修文馆学士。睿宗朝，终工部侍郎。《全唐诗》录存诗一卷。

刘宪　字元度，宋州宁陵人。弱冠擢进士第。累迁左台监察御史。贬溧水令，召为凤阁舍人。神龙初，自吏部侍郎，出刺渝州，寻入为修文馆学士，历太子詹事，卒。集三十卷。《全唐诗》录存诗一卷。

长孙正隐　高宗时人。《全唐诗》录存诗二首。

周思钧　贝州漳南人。与兄北门学士思茂，俱早知名。武后时为太子文学，贬扬州司仓参军，终中书舍人。《全唐诗》录存诗二首。

苏颋　字廷硕，瑰之子。幼敏悟，一览至千言，辄复诵。擢进士第，历监察御史，中书舍人。玄宗爱其文，进紫微侍郎，知政事。袭爵许国公。与燕国公张说称望略等，世称燕许。集三十卷。《全唐诗》录存诗二卷。

徐晶　官鲁郡录事。《全唐诗》录存诗五首。

张敬忠　开元中为平卢节度使。《全唐诗》录存诗二首。

史俊　官巴州刺史。《全唐诗》录存诗一首。

徐彦伯　名洪，以字行。兖州瑕丘人。七岁能为文，与韦嵩、李亘称为河东三绝。屡迁给事中。由宗正卿出为齐州刺史。擢工部侍郎，历太子宾客，卒。集二十卷。《全唐诗》录存诗一卷。

骆宾王　义乌人。七岁能属文。尤妙于五言诗。初为道王府属。武后时，左迁临海丞，怏怏弃官去。徐敬业举兵，署为府属。兵败亡命，不知所终。集十卷。《全唐诗》录存诗三卷。

武三思　则天兄子，累官右卫将军。则天革命，封梁王。中宗复位，拜司空。为节愍太子所诛。《全唐诗》录存诗八首。

张易之　定州人。则天临朝，与弟昌宗俱入侍禁中。为奉宸令。引词人阎朝隐、薛稷、员半千并为奉宸供奉。易之、昌宗皆粗能属文，如应诏和诗，则宋之问、阎朝隐为之代作。《全唐诗》录存诗四首。

张昌宗　易之弟。初为云麾将军。佞者奏昌宗是王子晋后身，词人皆赋诗以美之。则天诏昌宗撰《三教珠英》。书成，加司仆卿，改春官侍郎。后为张柬之等所诛。《全唐诗》录存诗三首。

薛曜　元超子，以文学知名，尚城阳公主。圣历中，官正谏大夫。集二十卷。《全唐诗》录存诗五首。

于季子　咸亨中登进士第。则天时司封员外。《全唐诗》录存诗七首。

乔知之　同州冯翊人。与弟侃、备并以文词知名，知之尤称俊才。则天时累除右补阙，迁左司郎中，为武承嗣所害。《全唐诗》录存诗一卷。

刘希夷　一名庭芝。汝州人。少有才华，落魄不拘常格，后为人所害。其诗初不为人所重，后孙昱撰《正声集》，以希夷诗为集中之最，由是大为时所称赏。集十卷。《全唐诗》录存诗一卷。

陈子昂　字伯玉，梓州射洪人。擢进士第。武后朝，为麟台正字。迁右拾遗。解官归乡里，县令因事收系狱中，忧愤死。年四十三。集十卷。《全唐诗》录存诗二卷。

张说　字道济，一字说之，洛阳人。武后策贤良方正，说所对第一。授左补阙。睿宗立，拜中书侍郎。开元初，进中书令，封燕国公，召拜兵部尚书知政事。后为集贤院学士，尚书左丞相，卒。集三十卷。《全唐诗》录存诗五卷。

张均　说之长子。开元中，历官大理卿。受禄山伪命为中书令。肃宗立，免死，长流合浦。集二十卷。《全唐诗》录存诗七首。

韦嗣立　字延构。郑州人。第进士。则天时拜凤阁侍郎。神龙中为修文馆大学士。中宗封为逍遥公。睿宗时为中书令。开元中，谪岳州别驾，迁辰州刺史卒。《全唐诗》录存诗八首。

崔日知　字子骏。日用从父兄也。为洺州司马，累迁京兆尹，为御史李如璧所劾，左迁歙县丞，后为太常卿。《全唐诗》录存诗二首。

魏知古　深州人。有才名。弱冠举进士。长安中，历凤阁舍人。神龙初，擢吏部侍郎。睿宗即位，召拜黄门侍郎同平章事。开元初改紫微令，终工部尚书。宋璟尝称其兼有叔向与子产之长。集七卷。《全唐诗》录存诗五首。

李乂　字尚真。赵州房子人。第进士。累官修文馆学士。睿宗朝进吏部侍郎，封中山郡公。开元初除刑部尚书，卒。年六十八。兄弟俱以文章见称，有《李氏花萼集》。《全唐诗》录存诗一卷。

卢藏用　字子潜。幽州范阳人。举进士，不调，隐居终南。长安中召授左拾遗。历中书舍人，黄门侍郎，修文馆学士。以附太平公主，流驩州。《全唐诗》录存诗八首。

岑羲　字伯华。文本之孙。第进士。则天时为天官员外郎。中宗朝同中书门下三品。景云初，进侍中，封南阳郡公。坐预太平公主谋，伏诛。《全唐诗》录存诗六首。

薛稷　字嗣通。汾阴人。擢进士第。景龙中，昭文馆学士。睿宗立，拜中书侍郎，参知机务。历太子少保，以翊赞功，封晋国公。工书画。《全唐诗》录存诗十四首。

马怀素　字惟白。润州丹徒人。擢进士第。长安中，为监察御史，守正不阿。开元初，拜户部侍郎，昭文馆学士。《全唐诗》录存诗十二首。

吴少微　新安人。举进士，累至晋阳尉。中兴初，以韦嗣立荐，拜右台御史。集十卷。《全唐诗》录存诗六首。

王适　幽州人。则天时敕吏部糊名考选人判，以求才俊，适入第二等。官至雍州司功参军。《全唐诗》录存诗五首。

齐澣　字洗心，定州义丰人。圣历中制科登第，历监察御史，中书舍人，终平阳太守。尝与修四库群书。杜暹表为侍郎，时称高选。《全唐诗》录存诗二首。

沈佺期　字云卿。相州内黄人。擢进士第。累官考功郎给事中。坐交张易之，流驩州。神龙中，召见拜起居郎，历中书舍人太子少詹事。开元初卒。集十卷。《全唐诗》录存诗三卷。

赵冬曦　定州人。擢第。历左拾遗。开元初，迁监察御史。坐事流岳州。时与刺史张说数赋诗相唱和。后召还复官，累迁中书舍人内供奉，终国子祭酒。《全唐诗》录存诗十九首。

尹懋　河间人。为张说岳州从事官补阙。《全唐诗》录存诗四首。

王琚　怀州河内人。神龙初，为驸马王同皎所器。预谋刺武三思。进户部尚书，眷委特异，参预大政，时号内宰相。后以逸见疏，卒为李林甫所构，贬死。《全唐诗》录存诗四首。

杨重玄　开元进士。《全唐诗》录存诗一首。

张循之　洛阳人。与弟仲之并以学业著名。则天时，上书忤旨，被诛。《全唐诗》录存诗六首。

张柬之　字孟将。襄阳人。涉猎经史，尤好三礼。举进士，贤良对策第一。授监察御史。圣历中为凤阁舍人。长安中迁凤阁侍郎知政事。中宗即位，以功擢天官尚书，封汉阳王，迁中书令。为武三思所构，贬死。集十卷。《全唐诗》录存诗五首。

袁恕己　沧州东光人。预诛二张。以功封中书侍郎，进中书令，封南阳郡王。后贬死环州。《全唐诗》录存诗一首。

卢僎　吏部尚书从愿之从父也。自闻喜尉入为学士，终吏部员外郎。《全唐诗》录存诗十四首。

东方虬　则天时为左史。尝云百年后，可与西门豹作对。陈子昂寄东方左史修竹篇书，称其《孤桐篇》，骨气端翔，音韵顿挫，不图正始之音，复睹于兹。今失传。《全唐诗》录存诗四首。

张绂　久视中登第。官监察御史。后自左拾遗贬许州司户。《全唐诗》录存诗三首。

宋务光　字子昂，一名烈，汾州西河人。举进士及第，调洛阳尉，迁右卫骑曹参军；俄以监察御史巡察河南道，考最进殿中右台御史。《全唐诗》录存诗一首。

郭利贞　神龙中为吏部员外，赋《上元》诗，与苏味道、崔液并为绝唱。《全唐诗》录存诗一首。

元希声　河南人。七岁善属文。举进士，累官司礼博士。景龙初，进吏部侍郎。集三十卷。《全唐诗》录存诗八首。

洪子舆　睿宗时，官侍御史。《全唐诗》录存诗一首。

吴兢　汴州浚仪人。博通经史。魏元忠深器之。荐其直史馆，神龙中迁右补阙，与韦承庆、崔融等撰《则天实录》。开元中历修文馆学士，居史职殆三十年。卒年八十余。《全唐诗》录存诗二首。

武平一　名甄，以字行。博学通《春秋》。初隐嵩山修道，不闻政事。中宗召为起居舍人。景龙二年，迁考功员外郎。明皇初，贬苏州参军，徙金坛令。既谪，名亦不衰。开元末卒。《全唐诗》录存诗一卷。

赵彦昭　字奂然。甘州张掖人。少豪迈，风骨秀爽。及进士第，调南部尉。中宗时累迁中书侍郎同中书门下平章事。睿宗立，出为宋州刺史，入为吏部侍郎，迁刑部尚书，封耿国公。寻贬江州别驾卒。《全唐诗》录存诗一卷。

萧至忠　少为畿尉，以清谨称。神龙初，累迁中书侍郎，兼中书令。睿宗立，出为晋州刺史，先天二年，复为中书令。后坐附太平公主，伏诛。《全唐诗》录存诗九首。

李迥秀　字茂之。泾阳人。初为相州参军。长安中，同平章事。中宗朝，终兵部尚书。卒赠侍中。《全唐诗》录存诗四首。

韦安石　京兆万年人。举明经。久视中，以鸾台侍郎同凤阁鸾台平章事。数辱二张、三思。复相中宗，不附太平公主。睿宗时，为姜皎所构，贬卒。《全唐诗》录存诗三首。

李恒　进士第，官安阳令。《全唐诗》录存诗一首。

郑愔　字文靖。沧州人。年十七进士擢第。武后时，张易之兄弟荐为殿中侍御史。易之败，贬宣州司户。既而附武三思，累迁吏部侍郎。后预谯王重福谋被诛。《全唐诗》录存诗一卷。

源乾曜　相州临漳人。举进士，景云开元间，历官谏议大夫，少府少监兼邠王府长史，户部侍郎，尚书左丞，黄门侍郎同平章事；后拜尚书左丞相，终太子少傅。《全唐诗》录存诗四首。

徐坚　字元固。湖州人。武后时及第。预修《三教珠英》。迁司封员外郎。开元中为集贤院学士。集三十卷。《全唐诗》录存诗九首。

李元纮　字大纲。京兆万年人。初为雍州司户。开元中，擢京兆尹，拜中书侍郎同中书门下平章事。家无储积。《全唐诗》录存诗三首。

裴漼　绛州闻喜人。累官监察御史。三迁中书舍人。开元中，拜吏部侍郎，转黄门侍郎。漼长于敷奏，得张说荐，擢吏部尚书，太子宾客。《全唐诗》录存诗四首。

萧嵩　梁宣宗孙。开元初，擢中书舍人。后以兵部尚书节度河西，以破吐蕃功，入为中书令，终太子太师。年八十余。《全唐诗》录存诗二首。

韦述　京兆人。家有书二千卷，儿时记览皆遍，举进士。累官集贤院直学士，尚书，工部侍郎。后陷贼，流渝州卒。《全唐诗》录存诗四首。

胡皓　开元中人。张孝嵩出塞，皓与张九龄、韩休、崔沔、王朝、贺知章撰送行诗，号《朝英集》。《全唐诗》录存诗六首。

李适之　一名昌。恒山王承乾之孙。开元中累官通州刺史，擢秦州都督，转陕州刺史，入为河南尹。拜御史大夫。历刑部尚书。天宝元年，为左相李林甫所构，贬宜春太守。《全唐诗》录存诗二首。

李泌　字长源。京兆人。七岁知为文。明皇召令供奉东宫。肃宗即位，拜银青光禄大夫。代宗朝，召为翰林学士，德宗拜为中书侍郎平章事，封邺县侯。集二十卷。《全唐诗》录存诗四首。

张谔　景龙中，登进士第。仕为陈王掾。后贬山茌丞。《全唐诗》录存诗十二首。

刘庭琦　开元时人，终雅州司户。《全唐诗》录存诗四首。

韩休　京兆长安人。举贤良。累官礼部侍郎。开元二十一年，拜黄门侍郎，与萧嵩同秉政，休敷陈治道，多鲠直。帝重之，终太子少师。《全唐诗》录存诗三首。

许景先　义兴人。举进士，授夏阳尉。神龙初，拜左拾遗，擢中书舍人。以文翰见称。开元中，以吏部侍郎，出为虢州刺史。卒侍中。《全唐诗》录存诗五首。

王丘　字仲山，相州安阳人。举制科中第。开元初，累官吏部侍郎。终礼部尚书。《全唐诗》录存诗三首。

苏晋　数岁能属文，举大礼科上第。累迁中书舍人。开元中，为吏部侍郎。终太子左庶子。《全唐诗》录存诗二首。

张嘉贞　蒲州猗氏人。以五经举补平乡尉。则天召见，与语大悦，擢监察御史。开元中，拜中书令，累封河东侯。《全唐诗》录存诗三首。

卢从愿　字子龚。相州临漳人。累官中书舍人。开元末，以吏部尚书致仕。《全唐诗》录存诗二首。

袁晖　以魏知古荐，为左补阙。开元中，马怀素请校正群籍，晖自邢州司户参军预焉。《全唐诗》录存诗八首。

王光庭　与张说善。说赠诗云："同居洛阳陌。"盖亦洛阳人也。《全唐诗》录存诗二首。

席豫　字建侯。襄阳人，徙家河南。进士及第。开元中，累官考功员外郎，迁中书舍人。天宝初，迁礼部尚书。玄宗称豫诗云："诗人之首出，作者之冠冕也。"《全唐诗》录存诗五首。

贺知章　字季真。会稽永兴人。少以文词知名。擢进士，累迁太常博士。开元中官太常少卿，迁礼部侍郎，加集贤院学士，改授工部侍郎俄迁秘书监。知章晚年甚放诞，自号四明狂客。年八十六。《全唐诗》录存诗一卷。

宋鼎　明皇时为襄州刺史。《全唐诗》录存诗二首。

包融　润州人。开元初，与贺知章、张旭、张若虚皆有名，号吴中四士。张九龄引为怀州司马，迁集贤直学士，大理司直。《全唐诗》录存诗八首。

丁仙芝　曲阿人。登开元进士第，为余杭尉。《全唐诗》录存诗十四首。

蔡希寂　曲阿人。渭南尉。（一云济南人，官至金部郎中。）《全唐诗》录存诗五首。

张潮　曲阿人，大历中处士。《全唐诗》录存诗五首。

张翚　曲阿人。开元进士，为萧颖士同年生。官校书郎。《全唐诗》录存诗二首。

周瑀　曲阿人。官吏部常选。《全唐诗》录存诗三首。

殷遥　句容人。天宝间忠王府曹参军。《全唐诗》录存诗五首。

沈如筠　句容人。横阳主簿。《全唐诗》录存诗四首。

孙处玄　江宁人。则天时官左拾遗。以论事不合归里。《全唐诗》录存诗二首。

徐延寿　江宁人。开元间处士。《全唐诗》录存诗三首。

樊晃　句容人。硖石主簿。《全唐诗》录存诗一首。

李憕　太原文水人。开元初为咸阳尉。迁监察御史。历给事中，河南少尹。天宝间累官尚书右丞，京兆尹，光禄卿，东都留守，礼部尚书。安禄山陷长安，遇害。《全唐诗》录存诗三首。

李邕　字泰和。广陵江都人。长安中，拜左拾遗。开元初，历殿中侍御史。后为北海太守，李林甫傅以罪，杖杀之。邕早擅才名，尤长碑颂。求其文者，馈遗至巨万。《全唐诗》录存诗四首。

王湾　洛阳人。开元初为荥阳主簿。马怀素请校正群籍，召学涉之士，分部譔次，湾在选中。终洛阳尉。湾词翰早著，其"海日生残夜，江春入旧年"之句，当时称最。《全唐诗》录存诗十首。

王泠然　开元五年登第。官校书郎。《全唐诗》录存诗四首。

张子容　先天二年擢进士第，为乐城尉。与孟浩然友善。《全唐诗》录存诗一卷。

张旭　苏州吴人。嗜酒，善草书，每醉后号呼狂走乃下笔。世呼为张颠，初仕为常熟尉。时以李白歌，裴旻剑舞，及旭之草书，为三绝。《全唐诗》录存诗六首。

贺朝　越州人，官止山阴尉。《全唐诗》录存诗八首。

万齐融　越州人，官昆山令。《全唐诗》录存诗四首。

张若虚　扬州人。兖州兵曹。与贺知章、张旭、包融号吴中四士。《全唐诗》录存诗二首。

薛业　天宝间处士。《全唐诗》录存诗二首。

孙逖　河南人。开元中三擅甲科，累官刑部侍郎，终太子詹事。集二十卷。《全唐诗》录存诗一卷。

崔国辅　吴郡人。官许昌令，迁礼部员外郎，后贬晋陵郡司马。《全唐诗》录存诗一卷。

崔珪　贝丘人。开元中，官太子詹事。与兄中书舍人琳，弟光禄卿瑶，俱列荣戟，世号三戟崔家。《全唐诗》录存诗一首。

杨浚　官校书郎。《全唐诗》录存诗三首。

刘晏　字士安，曹州南华人。年七岁，举神童。累官至宝应二年，迁吏部尚书平章事，领度支盐铁转运租庸使。坐事罢相，诸使如故。在职十余年，权势之重，邻于宰相。后为杨炎诬构死。《全唐诗》录存诗二首。

李昂　开元中考功员外郎，《全唐诗》录存诗二首。

寇坦　开元时人。《全唐诗》录存诗二首。

李林甫　高祖从父弟之孙。玄宗时拜黄门侍郎平章事，进兵部尚书。素寡学术，其题尺皆郭慎微、苑咸代为之。《全唐诗》录存诗三首。

杨炎　字公南，凤翔人。初为河西节度掌书记；嗣与常衮并掌纶诰；德宗即位，拜门下侍郎同平章事；俄贬崖州司马；卒至赐死。集十卷。《全唐诗》录存诗一首。

元载　字公辅，岐山人。嗜学，好属文。肃宗朝，充使江淮都领漕挽；俄迁户部侍郎度支使并诸道转运使。以附李辅国，迁中书侍郎同平章事。大历中，以贿败伏诛。集十卷。《全唐诗》录存诗一首。

宋昱　天宝中为中书舍人。后为乱兵所杀。《全唐诗》录存诗三首。

卢象　字纬卿。汶水人。累官膳部员外郎。受禄山伪署,贬永州司户,起为主客员外郎。遂病卒。集十二卷。《全唐诗》录存诗一卷。

卢鸿一　字浩然,范阳人,徙家洛阳,隐于嵩山。开元中,以谏议大夫召,固辞,乃听还山。《全唐诗》录存诗一卷。

徐安贞　龙邱人。三登甲科,官至中书侍郎。《全唐诗》录存诗十一首。

崔翘　融之子。历官礼部侍郎。《全唐诗》录存诗三首。

吴巩　少微子。官中书舍人。《全唐诗》录存诗一首。

裴士淹　开元末为郎官。《全唐诗》录存诗一首。

陶岘　陶潜之裔。家昆山,不仕。《全唐诗》录存诗一首。

王维　字摩诘。河东人。进士擢第。天宝末为给事中。禄山陷两都,维为贼所得。贼平,责授太子中允,累转尚书右丞。维性好游,得宋之问辋川别墅,山水绝胜,与裴迪浮舟往来,弹琴赋诗,啸咏终日。晚年笃于奉佛,长斋禅诵以终。集十卷。《全唐诗》录存诗四卷。

王缙　字夏卿。维之弟。累拜黄门侍郎同平章事。以附元载贬。后除太子宾客,留司东都。《全唐诗》录存诗八首。

裴迪　关中人,为尚书省郎,终蜀州刺史。《全唐诗》录存诗二十九首。

崔兴宗　初与王维、裴迪俱居终南,后官右补阙。《全唐诗》录存诗五首。

邱为　苏州嘉兴人。累官太子右庶子致仕,卒年九十六。《全唐诗》录存诗十三首。

赵骅　字云卿,邓州穰人,官至秘书少监。《全唐诗》录存诗一首。

崔颢　汴州人。开元十一年登进士第。有俊才。累官司勋员外郎。《全唐诗》录存诗一卷。

祖咏　洛阳人,登开元进士第。《全唐诗》录存诗一卷。

李颀　东川人,官新乡尉。集一卷。《全唐诗》录存诗三卷。

綦毋潜　字季通,荆南人。登开元中进士第。为集贤待制,终著作郎。《全唐诗》录存诗一卷。

储光羲　兖州人。登开元中进士第。历监察御史。禄山乱后,坐陷贼贬官。集七十卷。《全唐诗》录存诗四卷。

王昌龄　字少伯,京兆人。登开元中进士第,补秘书郎,迁江宁丞。后贬龙标尉以终。其诗绪密而思清,与高适、王之涣齐名,时谓王江宁,又称王龙标。集六卷。《全唐诗》录存诗四卷。

常建　开元中进士第。大历中为盱眙尉。其诗似初发通庄，却寻野径，百里之外，方归大道。其旨远，其兴僻，佳句辄来，唯论意表。沦于一尉，士论悲之。《全唐诗》录存诗一卷。

杜颋　开元十五年同王昌龄登第。《全唐诗》录存诗二首。

李嶷　开元十五年进士第。官左武卫录事。殷璠称其诗鲜洁有规矩。其《少年行》三首，词虽不多，翩翩然侠气在目。《全唐诗》录存诗六首。

蒋维翰　登开元进士第。《全唐诗》录存诗一首。

万楚　登开元进士第。《全唐诗》录存诗八首。

王谞　官右补阙。《全唐诗》录存诗六首。

陶翰　润州人，擢宏词科。官礼部员外郎。《全唐诗》录存诗一卷。

孟浩然　襄阳人。少隐鹿门山。张九龄镇荆州，署为从事。开元末，疽发背卒。论者谓浩然能介乎李、杜之间而无愧。集三卷。《全唐诗》录存诗二卷。

李白　字太白，陇西成纪人。凉武昭王暠九世孙。贺知章奇其才，荐于明皇。诏供奉翰林。不为亲近所容，赐金放还。

永王璘举兵，辟为僚佐。兵败，坐长流夜郎。会赦归。依族人当涂令阳冰。卒年六十四。集三十卷。《全唐诗》录存诗二十五卷。

颜真卿 字清臣。长安人。累迁侍御史，为平原太守。以讨贼功，加河北招讨采访处置使。授宪部尚书，改尚书右丞。封鲁国公。进刑部尚书。李希烈陷汝州，卢杞奏遣真卿往谕，拘胁累岁，不屈而死。《全唐诗》录存诗一卷。

李华 字遐叔，赞皇人。擢宏词科，累官司封员外郎。集三十卷。《全唐诗》录存诗一卷。

萧颖士 字茂叔。开元中对策第一。补秘书正字。召为集贤校理。后客死汝南。集十卷。《全唐诗》录存诗一卷。

崔曙 宋州人。登开元二十六年进士第。《全唐诗》录存诗一卷。

王翰 字子羽。晋阳人。登进士第。为秘书正字。擢通事舍人。后贬道州司马。《全唐诗》录存诗一卷。

孟云卿 河南人。第进士为校书郎。《全唐诗》录存诗一卷。

张巡 蒲州河东人。天宝中为真源令。起兵讨贼，后守睢阳，城陷遇害。《全唐诗》录存诗二首。

贺兰进明 至德中为岭南经略使。肃宗时累官至岭南节度使。《全唐诗》录存诗七首。

闾邱晓　官濠州刺史。《全唐诗》录存诗一首。

张谓　字正言，河南人。登进士第。为尚书郎。官至礼部侍郎。《全唐诗》录存诗一卷。

岑参　南阳人。文本之后。登进士第。累官右补阙。出为虢州刺史。复入为太子中允。出刺嘉州。终于蜀。集八卷。《全唐诗》录存诗四卷。

刘长卿　字文房。河间人。至德中为监察御史，以检校祠部员外郎为转运使判官，知淮南鄂岳转运留后。后贬潘州。终随州刺史。集十卷。《全唐诗》录存诗五卷。

沈宇　官太子洗马。《全唐诗》录存诗三首。

张鼎　官司勋员外郎。《全唐诗》录存诗三首。

薛奇童　官大理司直。《全唐诗》录存诗七首。

杨谏　永乐丞。《全唐诗》录存诗二首。

张万顷　开宝间进士。《全唐诗》录存诗三首。

孟彦深　字士源，登天宝二年进士第，为武昌令。《全唐诗》录存诗一首。

刘湾　字灵源。西蜀人。天宝进士。禄山之乱，以侍御史居衡阳，与元结相友善。《全唐诗》录存诗六首。

沈颂　官无锡尉。《全唐诗》录存诗六首。

梁锽　官执戟，天宝中人。《全唐诗》录存诗十五首。

赵良器　官兵部员外郎。《全唐诗》录存诗二首。

杜俨　官新安丞。《全唐诗》录存诗一首。

黄麟　官金部员外郎。《全唐诗》录存诗一首。

郭向　官太子尉。《全唐诗》录存诗一首。

郭良　官金部员外郎。《全唐诗》录存诗二首。

王乔　官安定太守。《全唐诗》录存诗一首。

徐九皋　官河阴尉。《全唐诗》录存诗五首。

阎宽　官醴泉尉。《全唐诗》录存诗五首。

李收　官右武卫录事。《全唐诗》录存诗二首。

屈同仙　官千牛兵曹。《全唐诗》录存诗二首。

豆卢复　前崇玄生。《全唐诗》录存诗二首。

荆冬倩　校书郎。《全唐诗》录存诗一首。

朱斌　处士，白日依山尽一绝最著名。《全唐诗》录存诗一首。

梁德裕　四门助教。《全唐诗》录存诗一首。

郑绍　官武进尉。《全唐诗》录存诗一首。

常非月　官河西尉。《全唐诗》录存诗一首。

芮挺章　国子进士。天宝三年，编《国秀集》。《全唐诗》录存诗二首。

楼颖　天宝中进士，作《国秀集序》。《全唐诗》录存诗五首。

李康成　天宝中与李、杜同时。其赴使江东，刘长卿有诗送之。尝撰《玉台后集》，自陈后主、隋炀帝、江总、庾信、沈、宋以下，二百九十人，诗六百七十首，汇为十卷。自载其诗八篇。《全唐诗》录存诗四首。

杨贲　天宝三年登第。《全唐诗》录存诗一首。

包佶　字幼正。天宝六年进士。累官谏议大夫。坐善元载贬岭南。起为汴东两税使。迁刑部侍郎。改秘书监。封丹阳郡公。《全唐诗》录存诗一卷。

包何　字幼嗣。润州延陵人。融之子。官起居舍人。《全唐诗》录存诗一卷。

高适　字达夫。渤海蓨人。举有道科。为封邱尉。去游河右。哥舒翰表掌书记。擢谏议大夫，节度淮南。李辅国谮之，出为蜀彭二州刺史。进成都尹，召为刑部侍郎，转散骑常侍。封渤海县侯。集二卷。《全唐诗》录存诗四卷。

王之涣　并州人。《全唐诗》录存诗六首。

李纾　字仲舒。天宝末，拜秘书省校书郎。大历初，为左补阙，累迁司封员外郎知制诰，改中书舍人，历礼部侍郎。尝奉诏为兴元纪功述，及郊庙乐章。《全唐诗》录存乐章十三首。

杜甫　字子美。其先襄阳人。天宝初，献三大礼赋，授京兆府兵曹参军。禄山陷京师，甫奔赴行在，拜左拾遗。其后弃官居同谷县。严武镇成都，甫往依之，奏为检校工部员外郎。武卒，蜀乱，携家避荆楚，卒于耒阳。集六十卷。《全唐诗》录存诗十九卷。

阎防　官长沙司户。《全唐诗》录存诗五首。

薛据　河中宝鼎人。官尚书水部郎中。《全唐诗》录存诗十二首。

苏源明　字弱夫，武功人。天宝中登第，累迁国子司业；肃宗朝，终秘书少监。与杜甫、郑虔善。《全唐诗》录存诗二首。

郑虔　荥阳人。初为协律郎。明皇爱其才，特置广文馆，授为博士。以陷安禄山，贬台州司户参军。《全唐诗》录存诗一首。

毕曜　官监察御史。《全唐诗》录存诗三首。

韦济　嗣立之子。对诏第一，擢醴泉令，累迁尚书左丞。《全唐诗》录存诗一首。

苏涣　擢第。官侍御史。后从哥舒晃扇乱伏诛。《全唐诗》录存诗四首。

刘昚虚　江东人，官夏县令。《全唐诗》录存诗一卷。

崔惠童　博州人，尚明皇晋国公主。《全唐诗》录存诗一首。

崔敏童　惠童之弟。《全唐诗》录存诗一首。

蒋洌　第进士。官至尚书左丞。《全唐诗》录存诗一首。

蒋涣　洌之弟。为给事中。终礼部尚书。《全唐诗》录存诗五首。

沈千运　吴兴人。家于汝北。《全唐诗》录存诗五首。

王季友　河南人。豫章太守李勉，引为宾客。《全唐诗》录存诗十一首。

于逖　开元时人。《全唐诗》录存诗二首。

张彪　颍洛间人。《全唐诗》录存诗四首。

赵微明　天水人。《全唐诗》录存诗三首。

元季川　元结弟。《全唐诗》录存诗四首。

任华　李杜同时人。初为桂州刺史参佐，尝与庾中丞书云：华本野人，常思渔钓，寻当杖策归乎旧山，非有机心，致斯扣击，其亦狂狷之流欤。《全唐诗》录存诗三首。

魏万　居王屋山。上元初登第。《全唐诗》录存诗一首。

崔宗之　名成辅，以字行。日用之子，袭封齐国公。历左司郎中，侍御史，谪官金陵。《全唐诗》录存诗一首。

严武　字季鹰，华州人，挺之之子。累官剑南节度使，转黄门侍郎，再为成都尹，封郑国公。《全唐诗》录存诗六首。

韦迢　京兆人。为都官郎。历岭南节度行军司马。《全唐诗》录存诗二首。

郭受　大历间为衡阳判官。《全唐诗》录存诗一首。

韦应物　京兆长安人。少以三卫郎事明皇。大历中自鄠令除栎阳令。迁比部员外郎，出刺滁州，调江州，改左司郎中，复出为苏州刺史。集十卷。《全唐诗》录存诗十卷。

李嘉祐　字从一。赵州人。天宝七年，擢第。授秘书正字。谪鄱江令。大历中，为袁州刺史。与严维、刘长卿、冷朝阳诸人友善。集一卷。《全唐诗》录存诗二卷。

皇甫曾　字孝常。冉母弟也。天宝十二载进士。历侍御史。坐贬舒州司马。阳翟令。集一卷。《全唐诗》录存诗一卷。

皇甫冉　曾之兄。字茂政。润州丹阳人。举进士第一。授无锡尉。累迁右补阙。集三卷。《全唐诗》录存诗二卷。

邹绍先　为河南判官。《全唐诗》录存诗二卷。

李穆　刘长卿婿。《全唐诗》录存诗二卷。

贾至　字幼邻。洛阳人。擢明经第，为单父尉，拜起居舍人，知制诰。贬岳州司马。召除尚书左丞。迁京兆尹。右散骑常侍。集十卷。《全唐诗》录存诗一卷。

钱起　字仲文。吴兴人。登进士第。官校书郎。终尚书考功郎中。大历中与韩翃、李端辈号十才子。诗格新奇，理致清赡。集十三卷。《全唐诗》录存诗四卷。

元结　字次山。河南人。少不羁。十七始折节向学。上时议三篇。擢右金吾兵曹参军，摄监察御史，为山南西道节度参谋。以讨贼功。迁监察御史。代宗立，拜道州刺史，进容管经略使。集十卷。《全唐诗》录存诗二卷。

张继　字懿孙。襄州人。登天宝进士第。大历末，检校祠部员外郎，分掌财赋于洪州。《全唐诗》录存诗一卷。

韩翃　字君平。南阳人。登天宝十三载进士第。以诗受知德宗，除驾部郎中，知制诰，擢中书舍人。翃为诗兴致繁富，一篇一咏，朝野珍之。集五卷。《全唐诗》录存诗三卷。

独孤及　字至之。洛阳人。天宝末，以道举高第，补华阴尉。代宗召为左拾遗，俄改太常博士，迁礼部员外郎，历濠舒二州刺史。以治课加检校司封郎中，赐金紫。徙常州，卒。集三十卷。《全唐诗》录存诗二卷。

郎士元　字君胄。中山人。天宝间擢进士第。宝应初，补渭南尉。历右拾遗。出为郢州刺史。时语云：前有沈、宋，后有钱、郎。集二卷。《全唐诗》录存诗一卷。

刘方平　河南人，不仕。《全唐诗》录存诗一卷。

姚系　崇之曾孙。为门下典仪。《全唐诗》录存诗十首。

常衮　京兆人。天宝进士。大历初，累官门下侍郎同平章事。后出为福建观察使。集十卷。《全唐诗》录存诗九首。

褚朝阳　天宝进士。《全唐诗》录存诗三首。

柳中庸　名淡，以字行。仕为洪府户曹。《全唐诗》录存诗十三首。

秦系　字公绪。会稽人。避乱不仕。建中初，客泉州，年八十余卒。《全唐诗》录存诗一卷。

郑锡　登进士第。为礼部员外郎。《全唐诗》录存诗十首。

严维　字正文，山阴人。擢辞藻宏丽科。调诸暨尉。终秘书省校书郎。《全唐诗》录存诗一卷。

顾况　字逋翁。海盐人。至德进士。为韩滉节度判官。迁著作郎。后隐茅山以终。集二十卷。《全唐诗》录存诗四卷。

耿湋　字洪源。河东人。登进士第。官右拾遗。集三卷。《全唐诗》录存诗二卷。

戎昱　荆南人。登进士第。为辰虔二州刺史。集五卷。《全唐诗》录存诗一卷。

窦叔向　字遗直。京兆人。代宗时为左拾遗。集七卷。《全唐诗》录存诗九首。

窦常　字中行。登进士第。官水部员外郎。出刺朗州。入为园子祭酒。集十八卷。《全唐诗》录存诗二十六首。

窦牟　字贻周。举进士第。累官国子司业。集十卷。《全唐诗》录存诗二十一首。

窦群　字丹列。以处士客于毗陵。韦夏卿荐为左拾遗。累官容管经略使。《全唐诗》录存诗二十三首。

窦庠　字胄卿。释褐授国子主簿。历登、泽、信、婺四州刺史。《全唐诗》录存诗二十一首。

窦巩　字友封。登进士第。拜侍御史。迁刑部郎中。从元稹镇武昌。归京师卒。《全唐诗》录存诗三十九首。

姚伦　官扬州大都督府参军。《全唐诗》录存诗二首。

杨郇伯　与窦常同时人。《全唐诗》录存诗一首。

陈润　大历间人。坊州鄜城县令。《全唐诗》录存诗八首。

杜诵　大历间人。《全唐诗》录存诗一首。

朱长文　大历间江南人。《全唐诗》录存诗六首。

戴叔伦　字幼公，金坛人。官至容管经略使。集十卷。《全唐诗》录存诗二卷。

于良史　官徐、泗、濠节度使从事。《全唐诗》录存诗七首。

张众甫　字子初。清河人。官监察御史，为淮宁军从事。《全唐诗》录存诗三首。

王武陵　字晦伯。太原人。官尚书郎。《全唐诗》录存诗二首。

卢纶　字允言。河中蒲人。举进士不第。元载荐补阌乡尉。累迁检校户部郎中。集十卷。《全唐诗》录存诗五卷。

章八元　桐庐人。登进士第。官句容主簿。诗一卷。《全唐诗》录存诗六首。

张苌　长山人。登进士第。官吏部员外郎。《全唐诗》录存诗一首。

王表　登大历进士第。官至秘书少监。《全唐诗》录存诗三首。

李益　字君虞。姑臧人。登进士第。累官右散骑常侍。以礼部尚书致仕。集一卷。《全唐诗》录存诗二卷。

李端　字正己。赵郡人。登进士第。授校书郎。后官杭州司马。集三卷。《全唐诗》录存诗三卷。

畅当　河东人。登进士第。为太常博士。终果州刺史。《全唐诗》录存诗一卷。

陆贽　字敬舆。嘉兴人。中博学宏词。复以书判拔萃。补渭南尉。贞元间拜中书侍郎同平章事。裴延龄构之，贬忠州别驾。召还卒，赠兵部尚书。集二十七卷。《全唐诗》录存诗三首。

张昔　大历进士。《全唐诗》录存诗一首。

元友直　结之子，大历进士。《全唐诗》录存诗一首。

张季略　大历进士。《全唐诗》录存诗一首。

裴达　大历进士。《全唐诗》录存诗一首。

常沂　与陆贽同时。《全唐诗》录存诗一首。

张濛　与陆贽同时。《全唐诗》录存诗一首。

周存　与陆贽同时。《全唐诗》录存诗一首。

黎逢　大历进士。《全唐诗》录存诗二首。

杨凭　字虚受。弘农人。擢进士第。累拜京兆尹。贬临贺尉。以太子詹事卒。《全唐诗》录存诗一卷。

杨凝　字懋功。凭之弟。由协律郎迁侍御史。终兵部郎中。集二十卷。《全唐诗》录存诗一卷。

杨凌　字恭履。凭之弟。官终侍御史。《全唐诗》录存诗一卷。

司空曙　字文明。广平人。登进士第。官终虞部郎中。集三卷。《全唐诗》录存诗二卷。

崔峒　博陵人。登进士第。为拾遗集贤学士。《全唐诗》录存诗一卷。

王烈　大历时人。《全唐诗》录存诗五首。

卫象　江南人。官侍御。《全唐诗》录存诗二首。

奚贾　富春人。《全唐诗》录存诗三首。

张南史　字季直。幽州人。以试参军避乱居扬州卒。《全唐诗》录存诗一卷。

王建　字仲初。颍川人。初为渭南尉，历秘书丞侍御史。出为陕州司马。集十卷。《全唐诗》录存诗六卷。

吉中孚　鄱阳人。登宏词科，历官户部侍郎。集一卷。《全唐诗》录存诗一首。

刘商　字子夏。彭城人。登进士第。官至礼部郎中。汴州观察判官。集十卷。《全唐诗》录存诗二卷。

陈翊　字载阳。闽县人。登进士第。官户部郎中。知制诰。集十卷。《全唐诗》录存诗七首。

刘复　登进士第。官水部员外郎。《全唐诗》录存诗十六首。

冷朝阳　金陵人。登进士第。为薛嵩从事。《全唐诗》录存诗十一首。

朱湾　字巨川。西蜀人。为李勉永平从事。《全唐诗》录存诗一卷。

邱丹　嘉兴人。诸暨令。历尚书郎。《全唐诗》录存诗十一首。

鲍防　字子慎。襄阳人。进士第。累官工部尚书。《全唐诗》录存诗八首。

吕渭　字君载。河中人。第进士。为浙西支使。累迁礼部侍郎。出为潭州刺史。《全唐诗》录存诗五首。

张志和　字子同。金华人。举明经。待诏翰林。后不复仕。居江湖。自称烟波钓叟。《全唐诗》录存诗九首。

李约　字存博。官兵部员外郎。《全唐诗》录存诗十首。

于鹄　隐居汉阳，尝为诸府从事。《全唐诗》录存诗一卷。

柳彬　登大历进士。

陈存　大历贞元间人。《全唐诗》录存诗六首。

郑常　肃代间人。集一卷。《全唐诗》录存诗三首。

郑审　官袁州刺史。迁秘书监。出为江陵少尹。《全唐诗》录存诗二首。

刘迥　字阳卿。知几子。为吉州刺史。终谏议大夫给事中。集五卷。《全唐诗》录存诗四首。

李深　字士达。兵部郎中。衢州刺史。《全唐诗》录存诗四首。

李幼卿　字长夫。陇西人。大历中，以右庶子领滁州刺史。《全唐诗》录存诗五首。

崔元翰　名鹏。以字行。博陵人。擢进士第一。官礼部员外。知制诰。终比部郎中。集三十卷。《全唐诗》录存诗七首。

张登　南阳人。漳州刺史。集六卷。《全唐诗》录存诗七首。

韦渠牟　京兆万年人。初为道士。后为僧。韩滉表试校书郎。累迁谏议大夫。终太常卿。集十卷。《全唐诗》录存诗二十一首。

窦参　字时中。岐州人。以门荫累官中丞。后贬郴州别驾。赐死。《全唐诗》录存诗三首。

韦皋　字城武。京兆人。累官左金吾卫将军。出为剑南西川节度使。封南康郡王。《全唐诗》录存诗三首。

李夷简　亍易之。登进士第。累迁侍御史。元和时，进门下侍郎同平章事。《全唐诗》录存诗一首。

崔子向　贞元间为检校监察御史。《全唐诗》录存诗三首。

朱放　字长通。襄州人。隐于剡溪。召为拾遗不赴。《全唐诗》录存诗一卷。

武元衡　字伯苍。河南缑氏人。登进士第。累辟使府。元和中，进拜门下侍郎平章事。出为剑南节度使。征还秉政。为盗所害。集十卷。《全唐诗》录存诗二卷。

李吉甫　字弘宪。以父栖筠荫补仓曹参军。历考功郎中。转中书舍人。元和二年，同平章事。后为淮南节度。集二十卷。《全唐诗》录存诗四首。

郑絪　字文明。荥阳人。初为张延赏掌书记。累迁中书舍人。宪宗朝，拜中书侍郎同平章事。以太子少傅致仕。集三十卷。《全唐诗》录存诗五首。

柳公绰　字宽，京兆华原人。举贤良方正，直言极谏。太和中，终兵部尚书。性耿介，有大臣节；为文不尚浮靡。《全唐诗》录存诗三首。

张正一　官左补阙。《全唐诗》录存诗一首。

崔备　建中进士第，为西川节度判官，终工部郎中。《全唐诗》录存诗六首。

颜粲　登建中进士第。《全唐诗》录存诗二首。

徐敞　建中进士。《全唐诗》录存诗五首。

张聿　建中进士。《全唐诗》录存诗五首。

李观　字元宾。赵州人。宏词擢第。授太子校书郎。集三卷。《全唐诗》录存诗四首。

许尧佐　擢进士第。为太子校书郎。终谏议大夫。《全唐诗》录存诗一首。

张嗣初　贞元进士。《全唐诗》录存诗二首。

鲍信陵　贞元进士。为望江令。集一卷。《全唐诗》录存诗六首。

李君房　贞元间人。《全唐诗》录存诗一首。

权德舆　字载之。天水略阳人。未冠有文名。德宗召为太常博士。元和中，拜礼部尚书同平章事。终山南西道节度使。集五十卷。《全唐诗》录存诗十卷。

段文昌　字墨卿，一字景初。贞元初，授校书郎，历翰林学士中书舍人，中书侍郎同中书门下平章事，剑南西川节度使，御史大夫节度淮南荆南，终西川节度。集三十卷。《全唐诗》录存诗四首。

羊士谔　泰山人。登进士第。拜监察御史。出为资州刺史。《全唐诗》录存诗一卷。

杨巨源　字景山。河中人。登进士第。累官凤翔少尹。年七十致仕。以河中少尹食禄终身。集五卷。《全唐诗》录存诗一卷。

令狐楚　字壳士。宜州华原人。贞元七年及第。授右拾遗。累官翰林学士。进中书侍郎同平章事。出为宣武节度使。封彭阳郡公。集一百三十卷。《全唐诗》录存诗一卷。

裴度　字中立。河东闻喜人。擢第授河阴县尉。元和中，拜门下侍郎同中书门下平章事。封晋国公。太和中进位中书令。集二卷。《全唐诗》录存诗一卷。

韩愈 字退之。南阳人。擢进士第。为监察御史。以极言贬阳山令。元和中再为博士。转考功知制诰。以讨淮西功,迁刑部侍郎。谏迎佛骨,谪潮州刺史。召拜兵部侍郎。集四十卷。《全唐诗》录存诗十卷。

张籍 字文昌。苏州吴人。登进士第。授太常寺太祝。历水部员外郎。终国子司业。集七卷。《全唐诗》录存诗五卷。

刘叉 元和时人。《全唐诗》录存诗一卷。

卢仝 范阳人。自号玉川子。征谏议不起。因宿王涯第,罹甘露之祸。《全唐诗》录存诗三卷。

李贺 字长吉。七岁能辞章。仕为协律郎,卒年仅二十七。集五卷。《全唐诗》录存诗五卷。

元稹 字微之,河南河内人。应制策第一。除左拾遗。历监察御史。贬江陵士曹参军。徙通州司马。征拜祠部郎中。知制诰。进工部侍郎同平章事。出为浙东观察使。太和初,入为尚书左丞,检校户部尚书。兼鄂州刺史。武昌军节度使。《全唐诗》录存诗二十八卷。

王涯 字广津。太原人。擢进士第。调蓝田尉。累迁工部侍郎。文宗时,进尚书右仆射,同中书门下平章事。李训败及祸。集十卷。《全唐诗》录存诗一卷。

李正封　官监察御史。《全唐诗》录存诗五首。

韦纾　登贞元进士第。《全唐诗》录存诗一首。

范传正　贞元中举进士宏词高第。《全唐诗》录存诗三首。

夏方庆　贞元中进士。《全唐诗》录存诗一首。

柳道伦　贞元中进士。《全唐诗》录存诗一首。

陈羽　江东人。登贞元中进士第。官东宫尉佐。《全唐诗》录存诗一卷。

欧阳詹　字行周。晋江人。擢第。官国子监四门助教。集十卷。《全唐诗》录存诗一卷。

柳宗元　字子厚。河东人。登进士第。授校书郎。为监察御史里行。擢尚书礼部员外郎。王叔文败，贬永州司马，移柳州刺史，卒。集四十五卷。《全唐诗》录存诗四卷。

刘禹锡　字梦得。彭城人。登博学宏词科。为监察御史。转屯田员外郎。叔文败，坐贬连州。在道贬朗州。久之徙和州。征入为主客郎中，出刺苏州。徙汝、同二州。迁太子宾客。会昌时，加礼部尚书，卒。集十八卷。《全唐诗》录存诗十二卷。

张仲素　字绘之。河间人。官翰林学士。终中书舍人。《全唐诗》录存诗一卷。

郑澣　贞元十年，举进士第，为右补阙。文宗时，入翰林，为侍讲学士，累进尚书左丞；出为山南西道节度使；俄以户部尚书召，未拜，卒。谥曰宣。集三十卷。《全唐诗》录存诗五首。

张汇　贞元进士。《全唐诗》录存诗三首。

陈通方　闽县人。登贞元进士第。为江西院官。《全唐诗》录存诗二首。

李程　字表臣。陇西人。贞元进士，累辟使府，为监察御史，充翰林学士。元和中，知制诰拜礼部侍郎。敬宗即位，以吏部侍郎同平章事；后罢为河东节度使。《全唐诗》录存诗五首。

高弁　贞元十二年进士。《全唐诗》录存诗一首。

崔护　字殷功。博陵人。贞元十二年登第，终岭南节度使。《全唐诗》录存诗六首。

李翱　字习之。中贞元进士第，会昌中，终山南东道节度使。《全唐诗》录存诗七首。

皇甫湜　字持正。新安人。元和中，擢进士第，为陆浑尉；仕至工部郎中。集三卷。《全唐诗》录存诗三首。

皇甫松　湜之子，自称檀栾子。《全唐诗》录存诗十三首。

吕温　字和叔。河中人。擢进士第。为左拾遗。以侍御史使吐蕃，还，进户部员外郎。后贬道州刺史。徙衡州卒。集十卷。《全唐诗》录存诗二卷。

孟郊　字东野。湖州武康人。擢进士第。调溧阳尉。郑余庆镇兴元，奏为参谋，卒。集十卷。《全唐诗》录存诗十卷。

白居易　字乐天。下邽人。擢进士第。补校书郎。对策入等，调盩厔尉。召为翰林学士。以言事贬江州司马，徙忠州刺史。征为主客郎中。知制诰。历杭、苏二州刺史。召迁刑部侍郎。除太子宾客。分司东都。拜河南尹。改太子少傅。以刑部尚书致仕。《全唐诗》录存诗三十九卷。

王起　字举之，扬州人，宰相播之弟。贞元十四年进士第，又登制策直言极谏科。累官尚书左仆射，终山南西道节度使。书无不读，一经目弗忘。集一百二十卷。《全唐诗》录存诗六首。

杨嗣复　字继之，贞元中擢第，初署幕射，进右拾遗，累迁中书舍人；由户部侍郎，擢尚书右丞；太和中，出为剑南东川节度使，复入为户部侍郎；俄拜中书门下同平章事；后贬潮州刺史，终以吏部尚书召卒。《全唐诗》录存诗五首。

杨衡　字仲师。吴兴人。登第。官至大理评事。《全唐诗》录存诗一首。

牛僧孺　字思黯。陇西人。贞元中，擢进士第。历相穆、敬两朝，后出为武昌节度使，文宗朝复入相；会昌中，贬循州；大中初，还为太子少师，卒。集五卷。《全唐诗》录存诗四首。

薛存诚　字资明。河东人。登贞元进士第。元和末，官至御史中丞。《全唐诗》录存诗十二首。

王播　字明扬。其先太原人，徙家扬州。与弟炎、起皆有文名。并擢进士。长庆初，拜相；太和初，复专政；卒赠太尉。《全唐诗》录存诗三首。

沈传师　字子言。吴人。贞元末，登第；历官拾遗，翰林学士，中书舍人；宝历中，由尚书右丞，出为宣歙观察使，复入为吏部侍郎。《全唐诗》录存诗五首。

李宣远　登贞元进士第。《全唐诗》录存诗二首。

白行简　字知退。居易之弟。累官度支郎中。集二十卷。《全唐诗》录存诗七首。

牟融　贞元元和间人。《全唐诗》录存诗一卷。

刘言史　邯郸人。王武俊奏为枣强令不受。后客汉南，李夷简署司空掾，卒。集六卷。《全唐诗》录存诗一卷。

长孙佐辅　德宗时人。《全唐诗》录存诗十七首。

张碧　字大碧。贞元时人。《全唐诗》录存诗十六首。

庄南杰　进士，与贾岛同时。杂歌行一卷。《全唐诗》录存诗五首。

卢殷　范阳人，为登封尉。《全唐诗》录存诗十三首。

雍裕之　贞元时人。《全唐诗》录存诗一卷。

宋济　德宗时人。《全唐诗》录存诗二首。

李赤　吴郡举子，尝自比李白，故名赤。《全唐诗》录存诗十首。

刘皂　贞元时人。《全唐诗》录存诗五首。

裴交泰　贞元时人。

李逢吉　字虚舟。陇西人。登进士第。元和、长庆两朝，尝再为宰相；太和中，以司徒致仕。其诗与令狐楚同编者，名《断金集》。《全唐诗》录存诗八首。

李渤　字澹之。洛阳人。元和中征为著作郎。拜给事中。出为桂管观察使。《全唐诗》录存诗五首。

孟简　字几道，德州人，举进士宏词，皆及第。元和中，累官至户部侍郎，坐事贬睦州司马。《全唐诗》录存诗七首。

徐凝　睦州人，官至侍郎。《全唐诗》录存诗一卷。

李德裕　字文饶。赵郡人。宰相吉甫子。以荫补校书郎，擢翰林学士。累官兵部尚书。拜中书门下平章事。封赞皇县伯。贬太子宾客。分司东都。再贬袁州刺史。迁淮南节度使。

武宗立，复为相。宣宗即位，贬崖州，卒。集三十四卷。《全唐诗》录存诗一卷。

熊孺登　钟陵人。登进士第。元和中，终藩镇从事。《全唐诗》录存诗一卷。

李涉　洛阳人。宪宗时为太子通事舍人。寻贬峡州司仓参军。复为太学博士。复流康州。集二卷。《全唐诗》录存诗一卷。

陆畅　字达夫。吴郡人。登进士第。官凤翔少尹。《全唐诗》录存诗一卷。

柳公权　字诚悬。公绰之弟。擢进士第。拜右拾遗。文宗朝，以谏议为学士知制诰。进太子少师。《全唐诗》录存诗五首。

韦处厚　字德载。京兆人。元和初，登第，又擢贤良方正异等。累官至文宗朝，以中书侍郎同平章事。集七十卷。《全唐诗》录存诗十二首。

杨敬之　字茂孝。登进士第。擢屯田郎中。后为国子祭酒。《全唐诗》录存诗二首。

张又新　字孔昭。元和中擢第，历左右补阙，坐事贬江州；后迁刑部郎中，复贬申州刺史。《全唐诗》录存诗十七首。

李廓　宰相程之子。登进士第。累官武宁节度使。《全唐诗》录存诗十八首。

李绅　字公垂。润州无锡人。登进士第。补国子助教。穆宗召为翰林学士。武宗时，拜中书侍郎同平章事。后节度淮南卒。集四卷。《全唐诗》录存诗四卷。

杨汝士　字慕巢。元和四年擢第，官中书舍人；开成中，终刑部尚书。《全唐诗》录存诗七首。

鲍溶　字德源。元和进士第。集五卷。《全唐诗》录存诗三卷。

舒元舆　婺州东阳人。元和中登第，历官至刑部侍郎同中书门下事。甘露之变，为仇士良所害。《全唐诗》录存诗六首。

卢宗回　字望渊。南海人。登进士第。终集贤校理。《全唐诗》录存诗一首。

周匡物　字几本，漳州人。元和十一年进士及第，仕至高州刺史。《全唐诗》录存诗五首。

陈去疾　字文医，侯官人。元和十四年及第，历官邕管副使。《全唐诗》录存诗十三首。

王初　并州人，仲舒之子。登元和进士第。《全唐诗》录存诗十九首。

滕迈　登元和进士第。官吉州太守。《全唐诗》录存诗二首。

殷尧藩　嘉兴人。登元和进士第。尝为永乐令。《全唐诗》录存诗一卷。

沈亚之　字下贤。吴兴人。登进士第。历殿中丞，后贬南康尉。集九卷。《全唐诗》录存诗一卷。

施肩吾　字希圣。洪州人。登第。隐西山不仕。集十卷。《全唐诗》录存诗一卷。

费冠卿　字子军。池州人。元和登第，母卒，不干禄，隐居九华山；长庆中，召拜右拾遗，不赴。集一卷。《全唐诗》录存诗十一首。

姚合　陕州硖石人。宰相崇曾孙。登进士第。授武功主簿。以户部员外郎，出刺杭州。终秘书监。《全唐诗》录存诗七卷。

周贺　字南卿。东洛人。初为浮屠名清塞。姚合爱其诗，加以冠巾，改名贺。《全唐诗》录存诗一卷。

焦郁　元和间人。《全唐诗》录存诗三首。

郑巢　与姚合同时。《全唐诗》录存诗一卷。

崔涯　吴楚间人，与张祜齐名。《全唐诗》录存诗八首。

王叡　元和后诗人，自号炙轂子。集五卷。《全唐诗》录存诗九首。

何希尧　字唐臣。分水人。《全唐诗》录存诗四首。

章孝标　桐庐人。登进士第。除秘书省正字。试大理评事。《全唐诗》录存诗一卷。

蒋防　义兴人。官右拾遗；元和中为司封郎中知制诰，进翰林学士，后出为汀州刺史。集一卷。《全唐诗》录存诗十二首。

裴潾　闻喜人。元和初，以荫仕；开成中，终兵部侍郎。《全唐诗》录存诗十五首。

陈标　登长庆二年进士第，终侍御史。《全唐诗》录存诗十二首。

李敬方　字中虔。登长庆进士第。为歙州刺史。集一卷。《全唐诗》录存诗八首。

常楚老　长庆进士。官拾遗。《全唐诗》录存诗二首。

顾非熊　况之子。登进士第。为盱眙尉。弃官隐茅山。《全唐诗》录存诗一卷。

张祜　字承吉。清河人。客淮南，爱丹阳曲阿地，筑室卜隐。集十卷。《全唐诗》录存诗二卷。

长孙翱　宝历间人。《全唐诗》录存诗一首。

欧阳衮　字希甫。闽人。登第。官侍御史。《全唐诗》录存诗九首。

裴夷直　字礼卿。河东人。擢进士第。累官中书舍人。出刺杭州。终散骑常侍。《全唐诗》录存诗一卷。

朱庆余　名可久。以字行。越州人。登宝历进士第。《全唐诗》录存诗二卷。

许玫　登太和元年进士第。《全唐诗》录存诗一首。

厉玄　登太和二年进士第。官侍御史。《全唐诗》录存诗五首。

何扶　太和九年及第。《全唐诗》录存诗二首。

钟辂　官崇文馆校书郎。《全唐诗》录存诗一首。

杨发　字至之。冯翊人。登太和四年进士第，历太常少卿，出为苏州刺史；后为岭南节度使，坐事贬婺州刺史。《全唐诗》录存诗十三首。

杨乘　发之子。大中初，登进士第，终殿中侍御史。兄弟群从，皆以文学登高第，时号修行杨家。《全唐诗》录存诗五首。

雍陶　字国钧。成都人。第进士，自国子博士，出刺简州。《全唐诗》录存诗一卷。

李远　字求古。蜀人。第进士。历忠、建、江三州刺史。终御史中丞。《全唐诗》录存诗一卷。

杜牧　字牧之。京兆万年人。擢进士第。为江西团练府巡官。以监察御史，分司东都。历黄、池、睦三州刺史。入为司勋员外郎。乞为湖州刺史。拜考功郎中。知制诰。迁中书舍人，卒。《全唐诗》录存诗八卷。

许浑　字用晦。丹阳人。进士第。为当涂、太平二县令。迁润州司马。历睦、郢二州刺史。集二卷。《全唐诗》录存诗十一卷。

李商隐　字义山。怀州河内人。擢进士第。调弘农尉。除侍御史。后为检校工部员外郎。客荥阳，卒。《全唐诗》录存诗三卷。

纪唐夫　官中书舍人。《全唐诗》录存诗三首。

薛莹　文宗时人。集一卷。《全唐诗》录存诗十首。

喻凫　字坦之。毗陵人。登开成进士第。终乌程尉。《全唐诗》录存诗一卷。

刘得仁　贵主之子。困举场三十年不第。集一卷。《全唐诗》录存诗二卷。

严恽　字子重。吴兴人。举进士不第。《全唐诗》录存诗一卷。

朱景玄　官太子谕德。集一卷。《全唐诗》录存诗十五首。

崔铉　字台硕。博陵人。擢进士第。累迁翰林学士。会昌中拜中书侍郎同中书门下平章事。封魏国公。《全唐诗》录存诗二首。

薛逢　字陶臣。河东人。擢进士第。授万年尉。历侍御史尚书郎。终秘书监。集十卷。《全唐诗》录存诗一卷。

赵嘏　字承祐。山阳人，仕至渭南尉。《全唐诗》录存诗二卷。

卢肇　字子发。袁州人。会昌三年登第。官著作郎。充集贤院直学士。出知歙州。《全唐诗》录存诗一卷。

林滋　字后象。闽人。登会昌第，官终金部郎中。《全唐诗》录存诗六首。

黄颇　宜春人。会昌三年登第。官监察御史。《全唐诗》录存诗三首。

姚鹄　字居云。蜀人。登会昌三年进士第。《全唐诗》录存诗一卷。

项斯　字子迁。江东人。会昌四年擢第。官丹徒尉。《全唐诗》录存诗一卷。

戈牢　字德胶，会昌三年进士第。

马戴　字虞臣。登进士第。为龙阳尉。终太学博士。集一卷。《全唐诗》录存诗二卷。

孟迟　字升之。平昌人。登会昌五年进士第。《全唐诗》

录存诗十七首。

郑畋　字台文。荥阳人。登进士第。为翰林学士。乾符中以兵部侍郎同平章事。出为凤翔节度使。拒黄巢功，授检校尚书左仆射。集一卷。《全唐诗》录存诗十六首。

张良器　登会昌进士第。《全唐诗》录存诗一首。

薛能　字太拙。汾州人。登进士第。补盩厔尉。累官至工部尚书。节度徐州。徙忠武，为乱军所害。集十卷。《全唐诗》录存诗四卷。

刘威　会昌时人。《全唐诗》录存诗二十七首。

李玖　歙州巡官。《全唐诗》录存诗八首。

刘绮庄　毗陵人。为昆山尉。集十卷。《全唐诗》录存诗二首。

卢栯　官弘文馆学士。《全唐诗》录存诗一首。

裴诚　闻喜人，度之从子。历官职方郎中，太子中允。《全唐诗》录存诗五首。

韩琮　字成封。为成许节度判官。历中书舍人。湖南观察使。《全唐诗》录存诗一卷。

莫宣卿　字仲节。封州人。官台州别驾。《全唐诗》录存诗三首。

丁瑰　字正德。大中七年进士第一。

韦蟾　字隐珪。下杜人。大中中登进士第，咸通末，终尚书左丞。《全唐诗》录存诗十首。

崔橹　大中进士。仕为棣州司马。集四卷。《全唐诗》录存诗十六首。

李群玉　字文山。澧州人。裴休荐授弘文馆校书郎。集八卷。《全唐诗》录存诗三卷。

贾岛　字浪仙。范阳人。初为浮屠，名无本。韩愈教之为文，举进士不第。为长江主簿。集十二卷。《全唐诗》录存诗四卷。

温庭筠　本名岐。字飞卿。太原人。举进士不第。徐商镇襄阳，署为巡官。后贬方城尉。再迁随县尉。集二十八卷。《全唐诗》录存诗九卷。

段成式　字柯古。河南人。宰相文昌子。以荫补校书郎。累官太常少卿。集七卷。《全唐诗》录存诗一卷。

刘驾　字司南。江东人。登进士第，官国子博士。《全唐诗》录存诗一卷。

刘沧　字蕴灵。鲁人。大中进士第。调华原尉。迁龙门令。《全唐诗》录存诗一卷。

李频　字德新。睦州寿昌人。擢进士第。为南陵主簿。累都官员外郎。为建州刺史。集一卷。《全唐诗》录存诗三卷。

李郢　字楚望。长安人。大中十年第进士。终侍御史。《全唐诗》录存诗一卷。

崔珏　字梦之。登大中进士第。为淇县令。官至侍御史。《全唐诗》录存诗一卷。

曹邺　字业之。桂州人。登大中进士第。历祠部郎中。为洋州刺史。《全唐诗》录存诗一卷。

储嗣宗　大中十三年登进士第。《全唐诗》录存诗一卷。

于武陵　大中进士。《全唐诗》录存诗一卷。

司马扎　大中时人。《全唐诗》录存诗一卷。

霍总　咸通间为池州刺史。《全唐诗》录存诗七首。

高骈　字千里。咸通中拜安南都护。僖宗立，加同中书门下平章事，迁剑南西川节度，晋检校司徒，徙淮南节度副大使。封渤海郡王。好神仙，拥兵骄恣，后为部将所害。《全唐诗》录存诗一卷。

于濆　字子漪。咸通进士，官泗州判官。《全唐诗》录存诗一卷。

萧遘　徐国公嵩裔孙。登进士第。僖宗时拜相。后赐死。《全唐诗》录存诗三首。

欧阳玭　衮之子。擢咸通十年进士第。官书记。《全唐诗》录存诗五首。

张演　咸通十三年及第。《全唐诗》录存诗一首。

翁绶　登咸通进士第。《全唐诗》录存诗八首。

袁皓　宜春人。登进士第。擢仓部员外郎。《全唐诗》录存诗四首。

公乘亿　字寿仙。魏人。登进士第。为魏博节度使从事。集一卷。《全唐诗》录存诗四首。

王季文　字宗素。池阳人。登进士第。授秘书郎。归隐九华山以终。《全唐诗》录存诗二首。

李拯　字昌时。陇西人。登进士第。累官考功郎。知制诰。后为乱兵所杀。《全唐诗》录存诗一首。

李昌符　字岩梦。登进士第。历膳部员外郎。《全唐诗》录存诗一卷。

汪遵　宣城人。登咸通七年进士第。《全唐诗》录存诗一卷。

许棠　字文化。宣州泾县人。登咸通十二年第。尝为江宁丞。集一卷。《全唐诗》录存诗二卷。

邵谒　韶州翁源县人。《全唐诗》录存诗一卷。

林宽　侯官人。《全唐诗》录存诗一卷。

李骘　官至江南西道都团练观察处置等使。《全唐诗》录存诗五首。

童翰卿　大中咸通间人。《全唐诗》录存诗二首。

皮日休　字袭美。襄阳人。登咸通进士第。授太常博士。黄巢陷长安，为所害。集二十八卷。《全唐诗》录存诗九卷。

陆龟蒙　字鲁望。苏州人。举进士不第。隐居甫里。自号天随子。集二十卷。《全唐诗》录存诗十四卷。

张蠙　字润卿。南阳人。登进士第。为广文博士，后隐茅山。《全唐诗》录存诗十六首。

郑璧　唐末江南进士。《全唐诗》录存诗四首。

司空图　字表圣。河中虞乡人。擢进士第。历中书舍人知制诰。归隐中条山王官谷。征召不起。哀宗被弑，不食卒。集三十卷。《全唐诗》录存诗三卷。

周繇　字为宪。池州人。登进士第。调建德令。官至检校御史中丞。《全唐诗》录存诗一卷。

聂夷中　字坦之。河东人。登进士第。官华阴尉。《全唐诗》录存诗一卷。

顾云　字垂象。池州人。咸通进士。官至虞部员外郎。《全唐诗》录存诗一卷。

张乔　池州人。黄巢乱。罢举隐九华。《全唐诗》录存诗二卷。

曹唐　字尧宾。桂州人。初为道士，后举进士不第。累为使府从事。集三卷。《全唐诗》录存诗二卷。

来鹏　一作鹤，豫章人。举进士不第。《全唐诗》录存诗一卷。

李山甫　累举不第。为魏博幕府从事。《全唐诗》录存诗一卷。

李咸用　工诗不第。尝应辟为推官。集六卷。《全唐诗》录存诗三卷。

胡曾　邵阳人。举进士不第。尝为汉南从事。《全唐诗》录存诗一卷。

方干　字雄飞。新定人。举进士不第。隐于鉴湖。集十卷。《全唐诗》录存诗六卷。

罗邺　余杭人。举进士不第。《全唐诗》录存诗一卷。

罗隐　字昭谏。余杭人。十上不中第。归钱镠官钱塘令。罗绍威表荐给事中。集十八卷。《全唐诗》录存诗十一卷。

罗虬　台州人。累举不第，为鄜州从事。《全唐诗》录存诗一卷。

郑损　僖宗时中书舍人。《全唐诗》录存诗六首。

牛峤　字松卿，一字延峰，陇西人。自云僧孺之孙。乾符五年登进士第，历官尚书郎。尝从王建为给事中。歌诗三卷，《全唐诗》录存诗六首。

翁洮　字子平，睦州人。光启三年进士第，官主客员外郎。归隐青山，征召不起。《全唐诗》录存诗十三首。

温宪　庭筠之子。登进士第。为山南从事。《全唐诗》录存诗四首。

高蟾　河朔人。登进士第。为御史中丞。《全唐诗》录存诗一卷。

章碣　孝标之子。登乾符进士第。《全唐诗》录存诗一卷。

秦韬玉　字仲明。京兆人。中和二年准敕及第。以工部侍郎为田令孜神策判官。《全唐诗》录存诗一卷。

唐彦谦　字茂业。并州人。累举不第。王重荣镇河中，辟为从事。累官至阆、壁、绛三州刺史。自号鹿门先生。集三卷。《全唐诗》录存诗二卷。

周朴　字太朴。吴兴人。避地福州，寄食僧寺。黄巢寇闽，不屈见害。《全唐诗》录存诗一卷。

郑谷　字守愚。袁州人。登进士第。历官右拾遗都官郎中。《全唐诗》录存诗四卷。

许彬　睦州人。举进士不第。《全唐诗》录存诗一卷。

崔涂　字礼山。江南人。登光启四年进士第。《全唐诗》录存诗一卷。

韩偓　字致光。京兆万年人。擢进士第。佐河中幕，召拜左拾遗。累官翰林学士、兵部侍郎。贬濮州司马。依王审知卒。集四卷。《全唐诗》录存诗四卷。

吴融　字子华。山阴人。登进士第。累迁侍御史。拜中书舍人。进户部侍郎。集三卷。《全唐诗》录存诗四卷。

陆扆　嘉兴人。昭宗朝拜相。后贬濮州司户。集七卷。《全唐诗》录存诗一首。

李沇　字东济。江夏人。宰相磎之子也。《全唐诗》录存诗六首。

卢汝弼　登进士第。以祠部员外郎知制诰。后依李克用。表为节度副使。《全唐诗》录存诗八首。

陆希声　吴人。博学，善属文，尤工书。昭宗时，拜给事中，迁户部侍郎，同中书门下平章事；以太子少师罢，卒赠尚书左仆射。有《颐山诗》一卷。《全唐诗》录存诗二十二首。

李昭象　字化文。父官池州刺史，遂家焉。懿宗末，以文干相国路岩，年方十七，将召试，会岩贬，遂还。《全唐诗》录存诗八首。

王驾　字大用。河中人。登进士第。官至礼部员外郎。集六卷。《全唐诗》录存诗六首。

王涣　字群吉。登第。官考功员外郎。《全唐诗》录存诗十四首。

戴司颜　登第。官太常博士。《全唐诗》录存诗二首。

吴仁璧　字廷宝。吴人。大顺二年，登进士第。钱镠据浙，屡辞不就；镠怒，沉之江。诗一卷。《全唐诗》录存诗十一首。

杜荀鹤　字彦之。池州人。擢进士第一人。朱全忠表授翰林学士主客员外郎。集十卷。《全唐诗》录存诗三卷。

王毂　字虚中。宜春人。登进士第。官终尚书郎。集三卷。《全唐诗》录存诗十八首。

孙郃　字希韩。四明人。登进士第。官校书郎。集四十三卷。《全唐诗》录存诗三首。

诸载　字厚之。乾宁进士。《全唐诗》录存诗十四首。

郑准　字不欺。登进士第。为荆南成汭推官。后不合，为所害。集一卷。《全唐诗》录存诗五首。

陈乘　仙游人。擢第。官秘书郎。《全唐诗》录存诗一首。

韦庄　字端己。杜陵人。第进士。授校书郎。后相王建为平章事。集二十卷。《全唐诗》录存诗六卷。

王贞白　字有道。永丰人。乾宁二年进士第。授校书郎。集七卷。《全唐诗》录存诗一卷。

张蠙　字象文。清河人。登第。为栎阳尉。入蜀终金堂令。《全唐诗》录存诗一卷。

翁承赞　字文尧。闽人。登第。任京兆府参军。官至御史大夫。《全唐诗》录存诗一卷。

黄滔　字文江。莆田人。擢第。除四门博士。迁监察御史。充威武军节度推官。集十五卷。《全唐诗》录存诗三卷。

殷文圭　池州人。乾宁中及第。后事杨行密为左千牛卫将军。《全唐诗》录存诗一卷。

徐夤　字昭梦。莆田人。登第后隐延寿溪。《全唐诗》录存诗四卷。

钱珝　字瑞文。吏部尚书徽之子。官中书舍人，后贬抚州司马。《全唐诗》录存诗一卷。

喻坦之　与许棠、张乔、郑谷、张蠙等同时，号称十哲。《全唐诗》录存诗一卷。

崔道融　荆州人。以征辟为永嘉令，累官右补阙。《全唐诗》录存诗一卷。

卢延让　字子善。范阳人。光化九年进士第，终刑部侍郎。诗一卷。《全唐诗》录存诗十首。

刘象　京兆人。天复元年登第。《全唐诗》录存诗十首。

曹松　字梦征。舒州人。天复初登第。年七十余。授秘书省正字。集三卷。《全唐诗》录存诗二卷。

苏拯　光化中人。《全唐诗》录存诗一卷。

裴说　天佑三年登第。官终礼部员外郎。《全唐诗》录存诗一卷。

李洞　字才江。京兆人。不第。游蜀卒。《全唐诗》录存诗一卷。

唐求　蜀人。居味江山，不仕。《全唐诗》录存诗一卷。

于邺　唐末进士。《全唐诗》录存诗一卷。

赵光远　华州刺史。骘之子，不第而没。《全唐诗》录存诗三首。

郑良士　字君梦。闽人。官补阙。集十卷。《全唐诗》录存诗三首。

严郾　唐末人。集二卷。《全唐诗》录存诗二首。

张迥　唐末人。《全唐诗》录存诗一首。

伍唐珪　袁州宜春人。《全唐诗》录存诗三首。

孙棨　字文威。历官中书舍人。《全唐诗》录存诗六首。

任翻　唐末人。集一卷。《全唐诗》录存诗十八首。

荆浩　字浩然。沁水人。工画山水。《全唐诗》录存诗一首。

周昙　唐末官国子直讲。《全唐诗》录存诗二卷。

李九龄　洛阳人。唐末进士。《全唐诗》录存诗一卷。

胡宿　唐末人。《全唐诗》录存诗十九首。

布燮　长和国使人。《全唐诗》录存诗二首。

朝衡　字巨卿。日本人。历左补阙。擢散骑常侍。《全唐诗》录存诗一首。

杜常　唐末人。《全唐诗》录存诗一首。

许鼎　梁贞明中登第。《全唐诗》录存诗二首。

和凝　字成绩。郓州须昌人。进士第。唐天成中历翰林学士。晋天福中拜中书侍郎同平章事。终于周。《全唐诗》录存诗一卷。

王仁裕　字德辇。天水人。初为秦州判官；入蜀，为中书舍人，翰林学士；历唐、晋、汉，终户部尚书，罢为太子少保；周显德初卒。晓音律，喜为诗，有《西江集》。《全唐诗》录存诗一卷。

冯道　字可道。景城人。初为刘守光参军，后历唐、晋、汉、周，事四姓十君。诗集十卷。《全唐诗》录存诗五首。

卢士衡　后唐天成二年进士。集一卷。《全唐诗》录存诗七首。

熊皦　登后唐清泰进士第。集五卷。《全唐诗》录存诗二首。

韩熙载　字叔言。北海人。后唐同光中登第，仕南唐，后主时，终中书侍郎。集五卷。《全唐诗》录存诗五首。

潘佑　幽州人。仕南唐官内史舍人。集十卷。《全唐诗》录存诗四首。

李建勋　字致尧。陇西人。仕南唐拜中书侍郎同平章事。以司徒致仕，赐号钟山公。集二十卷。《全唐诗》录存诗一卷。

孟宾于　字国仪。连州人。天福九年登第。仕南唐为涂阳令。集二卷。《全唐诗》录存诗八首。

廖匡图　字赞禹。虔州人。仕湖南马氏为天策府学士。《全唐诗》录存诗四首。

左偃　南唐人。不仕。居金陵。集一卷。《全唐诗》录存诗十首。

江为　宋州人。避乱家建阳。集一卷。《全唐诗》录存诗八首。

孙鲂　字伯鱼。南昌人。从郑谷为诗，颇得其体。事吴，为宗正郎。集三卷。《全唐诗》录存诗七首。

沈彬　字子文。高安人。仕吴为秘书郎。《全唐诗》录存诗十九首。

张泌　字子澄。淮南人。仕南唐为句容县尉。累官至内史舍人。《全唐诗》录存诗一卷。

伍乔　卢江人。南唐举进士第一。仕至考功员外郎。《全唐诗》录存诗一卷。

陈陶　字嵩伯。岭南人。隐洪州西山。集十卷。《全唐诗》录存诗二卷。

李中　字有中。陇西人。仕南唐为淦阳宰。集三卷。《全唐诗》录存诗三卷。

徐铉　字鼎臣。广陵人。仕南唐历翰林学士，吏部尚书。集三十卷。《全唐诗》录存诗六卷。

徐锴　字楚金。铉之弟。仕南唐，为屯田郎，知制诰，集贤殿学士。集十五卷。《全唐诗》录存诗五首。

马郁　李匡威镇卢龙，署幕职。复事刘仁恭。《全唐诗》录存诗一首。

韩定辞　深州人，为镇州观察判官。《全唐诗》录存诗一首。

许坚　有异术，尝往来庐阜茅山间，后不知所终。《全唐诗》录存诗五首。

汤悦　陈州西华人。本姓殷，文圭之子。仕南唐，官学士，历枢密使右仆射。《全唐诗》录存诗五首。

孟贯　字一之。建安人。初客江南。后仕周。《全唐诗》录存诗一卷。

成彦雄　字文干。南唐进士。集五卷。《全唐诗》录存诗一卷。

欧阳炯　益州华阳人。孟昶时，拜翰林学士；历门下侍郎平章事。后从昶归宋。《全唐诗》录存诗六首。

詹敦仁　字君泽。固始人。初隐仙游，后为青溪令。《全唐诗》录存诗六首。

刘昭禹　字休明。桂阳人。仕湖南署天策府学士。集一卷。《全唐诗》录存诗九首。

徐仲雅　居长沙，事马氏，为观察判官，天册府学士。所业百余卷行世。《全唐诗》录存诗六首。

王元　字文元。桂林人。隐居不仕。《全唐诗》录存诗五首。

廖融　字元素。隐居衡山。《全唐诗》录存诗七首。

孙光宪　字孟文。陵州人，为荆南高从诲书记。集五十余卷。《全唐诗》录存诗八首。

杨夔　唐末，为田頵客。集五卷。《全唐诗》录存诗十二首。

谭用之　字藏用。五代时人，官不达。《全唐诗》录存诗一卷。

王周　登进士第，曾官巴蜀。《全唐诗》录存诗一卷。

刘兼　长安人。官荣州刺史。《全唐诗》录存诗一卷。

孙元宴　不知何许人。曾著咏史诗七十五首。《全唐诗》录之,编为一卷。

丘光庭　吴兴人。国子博士。集三卷。《全唐诗》录存诗七首。

韩溉　江南人。诗一卷。《全唐诗》录存诗七首。

蒋吉　世次爵里无考。《全唐诗》录存诗十五首。

马逢　世次爵里无考。《全唐诗》录存诗五首。

李暇　世次爵里无考。《全唐诗》录存诗五首。

吴商浩　世次爵里无考。《全唐诗》录存诗九首。

顾甄远　世次爵里无考。《全唐诗》录存诗九首。

鲍氏君徽　字文姬。鲍徵君女。德宗时召入宫,与侍臣唱和。《全唐诗》录存诗四首。

宣宗宫人韩氏　出宫后适卢偓。《全唐诗》录存诗一首。

花蕊夫人徐氏　青城人,得幸蜀主孟昶,后入宋宫。《全唐诗》录存诗一卷。

杨容华　炯之侄女。《全唐诗》录存诗一首。

赵氏　寇坦之母。《全唐诗》录存诗三首。

张夫人　楚州山阳人。户部侍郎吉中孚妻。《全唐诗》录存诗五首。

赵氏　洹水人。杜羔之妻。《全唐诗》录存诗四首。

薛媪　字馥。彦辅孙女。《全唐诗》录存诗三首。

薛媛　濠梁人。南楚材妻。《全唐诗》录存诗一首。

张立本女　父为草场官。《全唐诗》录存诗一首。

慎氏　毗陵人。适严灌夫。无子，被出。以诗诀别，夫感而留之。《全唐诗》录存诗一首。

窦梁宾　夷门人。卢东表侍儿。《全唐诗》录存诗二首。

任氏　蜀尚书侯继图妻。《全唐诗》录存诗一首。

张文姬　鲍参军妻。《全唐诗》录存诗四首。

程长文　鄱阳人。《全唐诗》录存诗三首。

柳氏　李生姬。以赠韩翊。为番将沙吒利所劫。虞侯许俊以计取之，复归于翊。《全唐诗》录存诗一首。

红绡　大历中勋贵家妓。《全唐诗》录存诗一首。

晁采　小字试莺，大历时人。少与邻生文茂约为伉俪，及长，母得其情，遂以采归茂。《全唐诗》录存诗二十二首。

崔莺莺　贞元中，随母寓居蒲东佛寺。有张生者与之赋诗赠答。《全唐诗》录存诗三首。

步非烟　武公业妾。与邻生赵象赠答。事露笞死。《全唐诗》录存诗四首。

姚月华　尝梦月坠妆台，觉而大悟，聪慧过人。《全唐诗》录存诗六首。

鲍家四弦　鲍生妾。《全唐诗》录存诗二首。

韩续姬　南唐仆射韩续以赠韩熙载。熙载还之。姬因题诗泥金双带而去。《全唐诗》录存诗一首。

郎大家宋氏　世次里贯无考。《全唐诗》录存诗五首。

关盼盼　张建封妾。张殁后，独居燕子楼，守志十余年。后得白居易诗，遂不食卒。《全唐诗》录存诗四首。

刘采春　越州妓。《全唐诗》录存诗六首。

张窈窕　蜀妓。《全唐诗》录存诗六首。

史凤　宣城妓也。《全唐诗》录存诗七首。

盛小丛　越妓。《全唐诗》录存诗一首。

赵鸾鸾　平康名妓也。《全唐诗》录存诗五首。

薛涛　字洪度。长安人。流落蜀中，入乐籍。历事幕府，号为女校书。《全唐诗》录存诗一卷。

鱼玄机　字幼微。补阙李亿妾。爱衰为女道士。以笞杀女童绿翘，为京兆温璋所杀。《全唐诗》录存诗一卷。

李治　字季兰。吴兴人。为女冠。《全唐诗》录存诗十六首。

元淳　洛中女冠。《全唐诗》录存诗二首。

寒山　居天台唐兴县寒岩。时往还国清寺。闾邱彻访之，走入石穴。《全唐诗》录存诗一卷。

拾得　与丰干同时,垂迹于国清寺。《全唐诗》录存诗一卷。

丰干　天台山国清寺僧。《全唐诗》录存诗二首。

义净　字文明。范阳人。俗姓张氏。咸亨初,往西域,遍历三十余国,经二十五年,求得梵本四百部,归译之。《全唐诗》录存诗六首。

景云　善草书。《全唐诗》录存诗三首。

怀素　京兆人。姓范氏。诏住西太原寺。以草书名。《全唐诗》录存诗二首。

灵一　姓吴氏。广陵人。居余杭宜丰寺。《全唐诗》录存诗一卷。

灵澈　字源澄。姓汤氏。会稽人。云门寺律僧。集一卷。《全唐诗》录存诗十六首。

法照　人历贞元间诗僧。《全唐诗》录存诗三首。

释泚　大历时人。《全唐诗》录存诗二首。

护国　江南人。工词翰,有声大历间。《全唐诗》录存诗十二首。

法振　大历贞元间诗僧。《全唐诗》录存诗十六首。

清江　大历贞元间诗僧。《全唐诗》录存诗一卷。

无可　范阳人。姓贾氏,岛从弟。居天仙寺。《全唐诗》

录存诗二卷。

皎然　名清昼，姓谢氏。长城人。灵运十世孙。居杼山。《全唐诗》录存诗七卷。

广宣　姓廖氏，蜀中人。与刘禹锡最善。元和、长庆两朝并为内供奉，赐居安国寺红楼院。有《红楼集》。《全唐诗》录存诗一卷。

栖白　越中僧。宣宗朝，尝居荐福寺内供奉赐紫。诗一卷。《全唐诗》录存诗十六首。

常达　字文举，俗姓顾。发迹河阳大福山，大中中，居吴郡破山寺。《全唐诗》录存诗八首。

怀楚　唐末僧。住安州白兆竺乾院。《全唐诗》录存诗二首。

子兰　昭宗朝文章供奉。《全唐诗》录存诗一卷。

可止　姓马氏，范阳房山人。长近体律诗，有《三山集》。《全唐诗》录存诗九首。

云表　唐末于豫章，讲法华慈恩大疏，法席称盛。《全唐诗》录存诗一首。

归仁　唐末江南僧，住京洛灵泉。《全唐诗》录存诗六首。

隐峦　唐末匡庐僧。《全唐诗》录存诗五首。

若虚　南唐僧，隐庐山石室。《全唐诗》录存诗三首。

贯休　字德隐。姓姜氏。兰溪人。王建礼遇之，署号禅月大师。集三十卷。《全唐诗》录存诗十二卷。

尚颜　字茂圣，俗姓薛，出家荆门。诗集五卷。《全唐诗》录存诗三十四首。

虚中　宜春人，住湘西粟城寺。与齐己、尚颜、栖蟾为诗友。《碧云集》一卷。《全唐诗》录存诗十四首。

栖蟾　居屏风岩。《全唐诗》录存诗十二首。

齐己　名得生，姓胡氏。益阳人。出家大沩山同庆寺，后居龙兴寺。集十一卷。《全唐诗》录存诗十卷。

昙域　贯休弟子。《全唐诗》录存诗三首。

栖一　武昌人，与贯休同时。《全唐诗》录存诗二首。

处默　初与贯休同薙染，后入庐山。诗一卷。《全唐诗》录存诗八首。

修睦　光化中为洪州僧正，与贯休、处默等为诗友。《全唐诗》录存诗二十首。

慕幽　世次里贯无考。《全唐诗》录存诗六首。

司马承祯　字子微，河内人。居天台紫霄峰，后居王屋山。《全唐诗》录存诗一首。

司马退之　开元中道士。《全唐诗》录存诗一首。

吴筠　字贞节。华阴人。举进士不第。入嵩山为道士。明皇征至待诏翰林。寻入会稽，隐剡中。集十卷。《全唐诗》录存诗一卷。

杜光庭　字圣宾。括苍人。应百篇举不中，入天台山为道士。僖宗召见，赐以紫服。后隐青城山。集一百卷。《全唐诗》录存诗一卷。

郑遨　字云叟。滑州白马人。昭宗时，举进士不第；入少室山，为道士；徙居华阴，种田自给。唐明宗以左拾遗，晋高祖以谏议大夫召，皆不起；赐号逍遥先生。天福中卒。《全唐诗》录存诗十七首。

吕岩　字洞宾。礼部侍郎渭之孙。举进士不第。《全唐诗》录存诗四卷。